魔豆

MASTER IS BUSY

門主很忙

卷三

香草——著

門主很忙
人物介紹
麥冬
門主大人的寵物白松鼠，本系列吉祥物（？），移動速度極快。
方悅兒
十六歲軟萌的姑娘。玄天門門主，文不成武不就。眼睛彷彿未語先笑般，讓人很有好感。

林靖
二十二歲。
武林盟主之子，正直爽朗的青年。
梅煜
二十四歲。
白梅山莊備受冷落的庶子，溫和有禮，彷彿永遠不會生氣。
段雲飛
二十歲的俊美青年。
曾為魔教中人，性格亦正亦邪，活得灑脫自在。

門主很忙

卷三

目錄

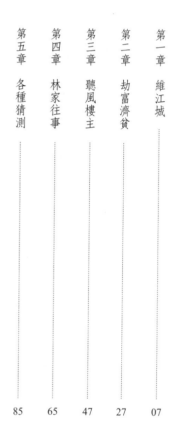

一、維江城

翠霞古城到維江城的路程並不算遠，方悅兒他們要是不眠不休、馬不停蹄地趕路，只須數天便能抵達。

只是現在距中秋節時間尚早，因此眾人便選擇舒舒服服地緩慢前進，每途經一座城鎮，都停留下來觀光一番，甚至還爲了想要參觀某些著名景點，而特意繞了些遠路。

有時因路程實在趕不及到下一城鎮，須要停留在荒郊野外過夜，段雲飛他們便會大顯身手打些野味來吃，眾人甚至還在方悅兒興致勃勃的提議下辦了個小型篝火晚會。在野外過夜雖不及在客棧舒適，卻倒是別有一番風味。

方悅兒已有很久沒離開玄天門遊玩了，雖說侍女們再怎樣用心侍候，在外的生活條件畢竟遠遠及不上在玄天門時，甚至相較之下還可說是頗爲艱苦，但少女的好心情並沒有因此被影響。

方悅兒從小便喜歡美麗的事物，也喜歡舒適的環境、無拘無束的自由與悠閒。聽起來過於嬌氣也過於理想化的生活，其實卻是一般人夢想的人生。只是很多時候爲了生活，人們只得約束自己的喜好。

某些充滿野心的人，爲了得到利益、權力、美人……等則願意爲此做出各種犧牲，不少人甚至最終爲此付出性命。即使如此，仍是少不了爲野心而前仆後繼往上爬的人。

方悅兒無疑是幸運的，很多人拚了性命所追求的東西，她卻早已毫不費力地擁有了。她有著可以盡情享受人生的資本，有時看在他人眼中便成了嬌氣。

吃的要好、用的要好，還特別怕受苦受累。

一開始段雲飛也是這麼覺得，認爲方悅兒都被玄天門的人寵壞了，嬌氣得不行。認識一個人，第一印象其實很重要，當有了不好的印象後，看任何事情都會不由自主地朝負面的方向去想。

因此段雲飛有頗長一段時間都很看不慣少女。

後來大家一起經歷的事情多了，青年這才驚覺撇除了偏見，對方其實是個很乖巧、也很可愛的姑娘。

段雲飛覺得方悅兒嬌氣、成事不足敗事有餘，但事實上，她有因任性而給別人添過任何麻煩嗎？

答案是沒有。

這孩子喜歡享受，可是她卻會爲了送梅長暉回白梅山莊而在大熱天上路，完全沒喊苦喊累過。

她喜歡使用昂貴精緻的東西，可每一樣首飾用品都是她花自己門派的錢買的；她武功不行，卻會用自己的方式來幫助同伴……

愈是了解她，便愈覺得方悅兒這姑娘很可愛，嬌氣卻不任性，難怪雲卓他們如此疼惜她。

此次前往維江城吉凶難料，段雲飛原本並不想與他人同行。他素來獨來獨往，不是因爲性格孤僻，而是從小便知道自己有太多東西要承受；與其因自己的事而連累他人，倒不如獨自一人就好。

可是不知不覺間，他身邊卻開始出現一個又一個同伴。現在被玄天門這些人糾纏上，段雲飛覺得無奈，但其實心裡又何嘗沒有因別人的關心而暗暗欣喜呢？

段雲飛素來是個高傲任性又囂張的人，可是對主動仗義相助的方悅兒，他發現自己愈來愈無法拒絕她的要求。結果不知不覺間，他們此趟原本應該充滿嚴肅與緊張感的旅程，不知為何成了陪方悅兒遊玩的輕鬆之旅……

經過了這段時間的旅途，玩得不亦樂乎的方悅兒因活動量變多，再加上天氣炎熱胃口不好而有些消瘦，可是精神與面貌卻比先前更好。一雙水汪汪的杏眼更顯明亮；原本帶著些微嬰兒肥的臉頰瘦下來後少了點可愛，多了些少女的風情。

唯一不變的，是她那在烈日下依然如白玉般幼滑溫潤的一身雪白肌膚。別說被太陽曬出雀斑了，就連膚色也沒有絲毫曬黑，讓因陽光照射而稍稍變黑的侍女四人組羨慕得不得了。

眾人一路走走停停，抵達維江城附近時時間尚早，半夏等人詢問方悅兒要不要繞一下路先去附近城鎮遊玩，然而這段時間玩得很歡的方悅兒卻出乎眾人意料地搖首拒絕了。

「那個留下信件的人不知是敵是友，雖然我對大家的武力值很有信心，但還是早些到維江城視察下環境好了，免得到時發生什麼事，我們會完全搞不清狀況。既然我鬧著要隨阿飛過來，就要好好幫忙啊！」說罷，少女便看向三位堂主，道：

「我們玄天門在維江城應該也有些產業，對吧？說不定能派上用場。我想想……」

雖然眾人早知道方悅兒並不像外表那樣大剌剌，是個很體貼的人，但她這段時間玩得很歡樂，完全沒有流露出要早些到維江城探路與準備的想法，一副已玩到樂不思蜀的模樣，因此聽到少女這番話時，所有人都感到很意外。

然而在訝異的同時，也爲她的體貼而感到暖心。

段雲飛只覺得心裡暖洋洋的，因爲一些原因，他離開了親朋好友，多年來獨自一人在魔教打拚。在魔教那些年，他不是沒有談得來的同伴，可那些所謂的同伴實際上也是爲了利益才聚在一起。

段雲飛已經很久沒有感受過朋友眞摯的關懷了，然而在遇上玄天門眾人後，先有雲卓等人擔憂他的身體，再來是這次事事爲他打算的方悅兒，青年覺得自己在魔教步步爲營、數次受到背叛而變得冷硬的心，在不知不覺間溫暖了起來。

至於同行的林靖？段雲飛表示他就是討厭林家人，不解釋！

此次林靖雖與眾人同行，可是卻不如玄天門眾人那樣表達出對段雲飛的關懷。在團隊中，林靖一直只是微笑著旁聽，像個不發任何意見的旁觀者。

方悅兒一直覺得林靖是個不錯的人，尤其他有著一身光明磊落的大俠氣質，看著就讓人覺得可靠。只是她實在猜不透對方跟著眾人同行的意圖，雖然他明言是爲了段雲飛對抗彭琛的重要性之故，可方悅兒總覺得他的說詞怪怪的。

林靖察覺到方悅兒看過來的視線，笑道：「我無所謂，就依方門主妳的意思就好。」

雖然林靖整趟旅程都好說話得不得了，但聽到他再次表示沒意見，少女卻只很想翻白眼。

一開始她還以爲對方跟著過來，是想要給段雲飛使手段，畢竟他們曾各自身爲正邪雙方年輕一派的代表，對彼此的印象應該好不到哪裡去。

但事實卻是林靖更像一個合格的理想旅伴，在大家高興時一起歡笑、在大家計畫行程時說聲無所謂、在他們買到便宜又精美的當地商品時爲大家鼓掌叫好……

這個武林盟主之子到底有多閒呀!?

方悅兒覺得她完全看不透這個人了！

說林靖想對段雲飛這個前魔教副教主不利，方悅兒卻從未在對方身上感受到絲毫惡意；說林靖想與段雲飛結交，可他們二人一直保持著疏遠的距離。

經過這段時間的觀察，方悅兒只得出一個結論……

林靖這人根本沒什麼目的，只是跟著我們去玩而已吧!?

總而言之，既然團隊中沒人對進入維江城有異議，他們便停止了觀光遊玩的行程，來到了有「水城」之稱的維江城。

維江城位處維河流域的中游，維河支流貫穿整座維江城，也成爲本地居民主要的道路。

相較於其他城鎮以馬車載貨及代步，在維江城裡，各種小船才是人們主要的交通工具。而維河也讓想要前往維江城的旅客多了條捷徑，畢竟走水路可比陸路快捷得多。

因爲方悅兒會暈船、不想坐船活受罪，再加上他們並不趕時間，因此選擇了走陸路，多繞點路、去遊覽更多地方後再前往維江城也是個不錯的選擇。

維江城與翠霞古城一樣，都是非常熱鬧的城市，翠霞古城是因地段之利而促成其先天的貿易優勢，而維江城的繁華也有著異曲同工之妙——因爲維河的存在。

四通八達的水路讓外地人能更容易前往此處，而水鄉景觀也成爲維江城獨特的標誌，吸引不少遊客慕名前來，爲當地旅遊業做出了不少貢獻。

也不是沒有其他城市與維江城一樣位處河流沿岸，可惜那些城市卻沒維江城的得天獨厚，每隔一段時間便會遭逢水災。國內就只有維江城即使位處維河流域卻未出現過洪水氾濫等自然災禍，得以讓這座城市順利發展成現在的樣貌。

維江城綵燈會，一開始只是本地居民自娛的節目，後來城市對外貿易愈趨發達，久而久之參加綵燈會的外來者便愈來愈多，綵燈會也就辦得愈來愈盛大，最終更成爲了維江城的代表性活動，每年中秋都吸引不少旅客前來。

玄天門自然不會放過在此等繁榮城市中設立據點的機會，雖然維江城的產業大多仍掌握在當地人手裡，但憑藉玄天門的強大，還是順利在本地人手中分有一杯羹。這裡最大、最出名的「雲來客棧」，就是玄天門所有。

門主大人再次高調出場，並且獲得雲來客棧掌櫃的熱情招待，狠狠在維江城露了一把臉。

段雲飛好奇環視了下這座號稱維江城最大、最豪華的客棧，發現它的確配得上其盛名，無論是店裡裝潢還是服務都一等一地好。

段雲飛不禁想起他在煙雨城裡居住的悅來客棧，這兩間客棧的名字只差了一個字，也同樣都是享富盛名的客棧，真要比拚起來確實難分勝負。

不過悅來客棧是許家最大的產業，而雲來客棧則只是玄天門眾多產業的其中一間而已。這麼一比較，便能感受到玄天門與許家兩者間的巨大差距。

曾經輝煌的許家，終究是沒落了。

這感嘆也只是在腦海中一閃而過，段雲飛很快便放下這件事，轉而計畫該怎麼利用在綵燈會開始前這幾天的時間。

眾人好好休息了番，並從雲來客棧掌櫃那裡獲得維江城的平面圖及勢力分布後，便討論起接下來的打算。

「掌櫃已去派人打探消息，不過我們本身提供的資料太少，只怕他們也無法探得太多重要情報。」方悅兒道。

玄天門設立在維江城的產業不多，而且全是食肆與客棧，這些地方雖然人潮多，但要探聽消息終究比不上賭場、妓院等場所。

段雲飛頷首：「我打算到處逛一下，留信的人雖與我約在綵燈節見面，但說不定從我們踏入維江城起，對方便開始注意了。」

雲卓問：「你想單獨行動，拿自己當誘餌？」

段雲飛哼笑道：「捨不得孩子套不住狼，看看能否釣到大魚吧！再說，我不認為有誰能拿我奈何。」

方悅兒看著霸氣外露的段雲飛，很想搖他肩膀叫他醒醒。

還記得不久前才被蒙面人壓著打的悲哀嗎？

現在這麼說，不覺得這番話很打臉嗎!?

段雲飛察覺到少女的視線，挑了挑眉：「難道妳又想跟著我？別想了，現在敵我不明，我沒閒暇去照顧妳。」

自從雙方熟絡後，段雲飛對方悅兒武力值的鄙視態度變得更不加掩飾……不，是他根本從未掩飾過……他的態度愈發地不客氣，總把玄天門門主像小貓般在逗，氣死人不償命。

對方嫌棄的模樣很欠揍，方悅兒生氣地鼓著腮幫子，一旁正吃著葵花子的麥冬也正好把頰囊塞得滿滿的，無論神態還是表情都神同步。

「總而言之，妳別跟著來。」見一人一松鼠不自覺賣萌的模樣，段雲飛原本滿是嘲諷的笑容不禁緩和了幾分，不過態度還是很堅定。

說罷，他伸手戳了戳麥冬的臉頰，雖然戳的是麥冬，但看著的卻是方悅兒。方悅兒怕自己下一秒也會被戳，鼓著的腮幫子立即自發地消了氣。

才不給你機會戳呢！哼！

一旁的連瑾看得噗哧一笑，頓時換來少女的瞪視。

此時，一直給人置身事外、彷彿跟過來只是為了遊玩的林靖，難得主動參與話題：「我覺得這想法不靠譜呀，如果那個留信的人會那麼輕易提前被你釣出來，那麼就不用特地把時間定在綵燈會了。我猜那人會在綵燈會上做好萬全布置，而你才是那條傻傻撞進魚網裡的魚。」

這番嘲諷雖不是出於自己的口，可方悅兒還是聽得很爽，差點忍不住要為林靖鼓掌了。

誰教你看不起我！現在被人鄙視智商了吧!?

段雲飛卻很有氣勢地睨了林靖一眼：「即使對方事前設了陷阱又怎樣？我無所畏懼！到底誰是魚、誰是漁夫，我們就用事實說話好了！」

段雲飛一番話說得傲睨自若，可方悅兒沒有忘記重點，忍不住提出：「可是林靖說得也對，你的釣魚行動不切實際呀！」

段雲飛聞言一堵，有些不服氣地說道：「那是沒辦法之下的辦法，不然我們就呆坐在這裡什麼也不幹嗎？」

方悅兒苦思片刻，隨即雙目一亮，道：「不是說賭場、妓院那類地方比較容易收集情報嗎？我們可以到……」

還不待少女說完，所有人異口同聲道：「不行！」

本想提出去刺探消息、順道開開眼界的方悅兒，委委屈屈地癟起了嘴：「爲什麼啊？」

眾人交換了一個無奈的眼神，心想一個姑娘家竟想去那種地方，現在被拒絕還委屈上了？

林靖笑著擺了擺手：「方門主妳別急，我有個不錯的建議喔！」

一句話，立即便拉去了所有人的注意力。

只聽林靖道：「我有辦法聯絡上聽風樓的人，你們要不要向對方打探一下消息？」

眾人面面相覷，雲卓問：「據我所知，這裡並沒有聽風樓的據點啊？」

「聽風樓」曾是風雨樓的分部，當年風雨樓同時經營販賣情報的聽風樓，以及做殺手生意的「血雨樓」。可這些年來聽風樓與血雨樓之間的關係愈發疏遠，後來經營情報生意的聽風樓還從風雨樓中分割出來，成爲不受風雨樓管轄的獨立組織。

眾人都猜測是不是原本統領風雨樓的幕後老大被聽風樓與血雨樓的樓主聯手幹掉了，不然聽風樓要脫離風雨樓的掌控該要惹來一片腥風血雨，絕不會像現在這樣風平浪靜。

因爲血雨樓這名字充斥著血腥，出於忌憚與畏懼，人們更喜歡「風雨樓」這名字。在聽風樓出走之後，血雨樓這名字也就不再被人們提起了，風雨樓便直接成爲了殺手組織的名字。

聽風樓與風雨樓一樣都屬黑道，但與風雨樓不同的是，聽風樓的工作不涉及人命，因此在武林中倒沒有風雨樓那麼招人恨。

可是卻也只是「沒那麼招人恨」而已。聽風樓作爲販賣情報的組織，只要人們花得起錢，他們便會傾力挖掘任務目標的祕密；而聽風樓也頗有手段，鮮少無功而返，總能挖到令僱主滿意的資料。

但誰希望自己的祕密被人揭發呢？因此聽風樓在江湖中與風雨樓一樣，絕對是令人忌憚的存在。

聽風樓這個情報組織在江湖中算得上是很特殊的存在，他們據點不多，而且經常遷移，而維江城並未傳聞有聽風樓的人駐守。

談及聽風樓，林靖頓時露出神采飛揚的笑容：「你們當然不知道，因爲這並不是聽風樓的據點。只是我與聽風樓的樓主是好友，得知他正好到這裡遊玩。要是你們有興趣，我可以幫忙引見喔，說不定還能讓他給你們打折。」

方悅兒聞言嘴角一抽：「你好歹也是武林盟主的獨子，與黑道的人走那麼近這樣好嗎？而且風雨樓不是多次派殺手刺殺你嗎？」

孩子，拜託長點心吧！

林靖抓了抓頭髮：「風雨樓也只是接生意而已，要怪的應該是買凶殺人的人。何況現在聽風樓獨立於風雨樓之外，我和他們樓主交好也只是私人交情，沒有你們想的那樣複雜啦！」

說罷，林靖又續道：「你們要我引見嗎？」

一句話，要不要幫!?

段雲飛與方悅兒立即頷首。

「不是教妳不要跟嗎？」見方悅兒與自己一起點頭，段雲飛對她的糾纏頗爲不滿。這姑娘平常都很有分寸的啊，怎麼這次卻硬要跟著自己過去？

雖然段雲飛對自己的武功有信心，也相信林靖應該不會害他，可是此行直接去見聽風樓的樓主，也不知那人有沒有其他心思。段雲飛只能確保自己的安全，並不希望方悅兒跟著涉險。

方悅兒揚起下巴「哼」了聲：「我可不是要纏著你，我也有事要去找聽風樓打聽！」

段雲飛聞言愣了愣，覺得方悅兒的模樣不像在說謊，便想了想，問：「是有關那本妳最近總是神經兮兮拿著看的書嗎？」

方悅兒生氣地瞪大雙目：「你才神經兮兮！你全家都神經兮兮！」

方悅兒發現自從與段雲飛熟絡後，雖然這傢伙是不再像以往那樣看不起自己，可是以往疏遠的鄙視，卻變成了現在不留情面的嘲諷！

更加氣人了好不好！

本以爲是匹狼，可方悅兒發現段雲飛根本就是隻貓——驕恣又任性，總是一副全天下我最屌的模樣，嘲諷人起來完全不留情面，根本不介意其他人會不會有意見。

「天皇老子我最大！誰有意見也給我憋著！」，段雲飛渾身上下都散發著這種欠揍的氣息。

最氣人的是，雲卓他們看著方悅兒被欺壓，竟完全沒有任何爲自家門主出頭的意思。

一來是他們知道段雲飛也只是欺負一下，並不會眞的傷害方悅兒；二來，方悅兒堅持要來維江城時，段雲飛的一番話打醒了他們，他們驚覺自己對方悅兒的確有些保護過度了。

既然方悅兒堅持要跟，那麼就讓段雲飛幫忙「調教」一下她吧，反正段雲飛知道分寸。

於是方悅兒便開始了被段雲飛逗著玩的日子……

一旁的林靖假咳了聲，阻止了兩人互相瞪視之中的火花。他眞不明白，方悅兒每次挑戰段雲飛最終結果都是被虐，爲什麼到現在還學不乖。

現在有事相求，段雲飛與方悅兒特別聽林靖的話。兩人停下了唇槍舌戰，只是彼此誰也不服誰，互相瞪視對方一眼後，便不約而同地撇開臉，一副看到髒東西、眼不見爲淨的模樣。

眾人：「……」

方悅兒這樣也就罷了，怎麼段雲飛與她熟絡後，彷彿被她拉低了情商水準啊？

你們都是小孩子嗎!?

二、劫富濟貧

由於聽風樓樓主的身分，以及對方身處維江城一事是機密，林靖雖然願意爲方悅兒與段雲飛引見，可是爲了樓主的安全，卻是無論如何也不想讓太多人跟著一起去，即使只有一名侍女陪同也不行。

原本方悅兒覺得有沒有人陪同也無所謂，不過看到雲卓等人那麼反對，她便向林靖爭取，道：「其實我與阿飛回來後，也會把見面的各種細節告訴雲大哥他們啊，讓雲大哥他們跟著去也沒差啦！」

林靖卻不爲所動：「這是對方的要求，方門主妳就別爲難我了。要不你們獨自跟著我去見他，要不就算了。」

方悅兒立即屈服：「那我與阿飛去就好。」

雲卓想要反對，可是想到段雲飛曾說過他們過於干涉方悅兒的一番話，又把想要說出口的話吞回去，轉而詢問：「悅兒妳這麼執意要同行，是要詢問什麼事？方夫人寫的那本書……是有什麼特別的嗎？」

連瑾與寇秋兩人原本也想反對，可是看到雲卓的態度後，瞬間醒悟過來。

明明已決定讓少女承擔起自己的人生，可是事到臨頭他們還是差點又犯了以往干涉太多的毛病。只能說這過分保護已成了習慣，彼此還需一段適應期呢。

如果方悅兒的決定有她的理據，那麼雲卓他們會試著去相信她、讓她選擇。

而且他們也很好奇，方悅兒在白梅山莊拿到那本方夫人書寫的書冊後，便經常一副心不在焉的模樣。

一開始他們以爲少女是在思念亡母，可現在看來卻是另有隱情？

雲卓等四大堂主進入玄天門時，方悅兒的母親宛清茹已經過世，因此他們對這位夫人的了解並不多，只知道她並不是武林中人，是個不懂武藝、出生於書香世家的千金小姐。

宛清茹還是小姐時，某次外出時遇上歹徒，是路過的方毅救了她。從此宛清茹便對方毅芳心暗許。

宛清茹雖因方毅的幫助安然回家，可是家裡覺得曾被歹徒劫走的宛清茹名聲已污，視她爲家族污點。爲了不讓宛家的清譽因宛清茹而受損，更逼其削髮爲尼，想讓她在寺廟裡度過餘生。

然而在佛寺進行削髮儀式時，方毅卻出現將宛清茹救走，二人遠走高飛後更結爲夫婦。

宛清茹從小體弱，生下方悅兒後更是迅速消瘦下來，撐了幾年便撒手人寰了。

雖然宛清茹只在玄天門待了幾年，可是她遺留下來的遺物仍是不少。然而方悅兒卻對那本失而復得的書冊如此在意，怎麼看都很不尋常。難道那本書蘊含著什麼重大意義或祕密嗎？

何況仔細想想，宛清茹親手書寫的書冊，又爲何會流落到梅莊主手裡，而且還被他珍而重之地收藏在書房內的暗間？

那怎麼看也只是一本普通的遊記啊！到底有什麼特別，值得梅莊主慎重對待？

方悅兒看了看眼前這些人，她自然是萬分信任雲卓他們的，而段雲飛與林靖，這段時間的相處也讓她相信兩人的人品。何況她接下來的話雖有些涉及玄天門上一代的事，但也算不上是什麼不可告人的祕密。

於是少女便道：「其實阿爹一直懷疑娘親的病並不尋常。」

方悅兒話一出，首次聽到這件事的玄天門眾人都露出訝異神情。雖然方毅在情感方面一直都表現得很冷淡，就連對唯一的女兒方悅兒也沒多親近。可是當年他既然出手從歹徒手中救出宛清茹，不僅將人平安送回家裡，在對方被逼削髮爲尼時還現身將人帶走，顯示出他對宛清茹是有感情的。

雖然雲卓等人完全想像不到方毅談戀愛時的模樣就是了……

可現在他們卻聽方悅兒說，方毅一直認爲宛清茹的病不尋常？

看出眾人眼中的疑惑，方悅兒解釋：「娘親懷著我的時候，外婆出了意外去世了。雖然娘親曾受到家裡的逼害，但對外婆還是有感情的，堅持要到外婆的墳前上炷香。阿爹說服不了她，只得一起跟去了宛家。」

「宛家其實離玄天門不算很遠，只是那時娘親懷有身孕不方便趕路，只能慢慢地走。阿爹性子淡漠，獨來獨往慣了，並不喜歡弟子跟隨，所以同行的就只有一名擅長照顧孕婦與接生的穩婆。」

「娘親不僅擅自從寺院逃走，還與阿爹私訂終身，更挺著大肚子回家，外公看到她自然是怒火中燒。本來娘親已做好被刁難的準備，但因阿爹的手段強硬……」

聽到這裡，眾人忍不住露出古怪的神色，心想方毅該不會把岳父打了吧？

大家心裡邊爲宛清茹的爹點了根蠟燭，邊聽方悅兒續道：「因爲有阿爹在，那次娘親很順利地祭拜了外婆。可是娘親回到玄天門後，身體便開始變差，人也變得很健忘，經常忘東忘西的；睡眠時間愈來愈多，可是精神並沒有因此而變好，反倒更差。」

「生了我以後，娘親的身體更是每況愈下。正好呂神醫欠了阿爹一個人情，於是阿爹便帶著娘親去醫谷尋找呂神醫，請他爲娘親看一看症。」

呂神醫是武林公認醫術最高的人，他成名已久，仔細算起來已八十高齡了，可是見過他的人都說他身體硬朗得很，甚至因爲經常周遊列國行醫，體力完全不遜於年輕人。

年紀輕輕便混出名堂的寇秋之所以被稱爲「小神醫」，也是因爲有呂神醫珠玉在前，相較之下，寇秋無論是歷練還是醫術終究是差了一些。

只聽方悅兒續道：「結果呂神醫一看，卻發現娘親並不是單純因生產而虧了身子，而是被人下了蠱毒！」

聽到宛清茹被人下了蠱，所有人都露出震驚神情，不約而同地想到一處去：

「是月族下的手？」

蠱毒是月族掌握的獨門絕技，而充滿神祕色彩的蠱毒其實是一些肉眼看不見的毒蟲，月族將蠱下在受害者身上，並且能用特殊方法操控蠱蟲，進而達到各種不同效果。

蠱也不一定是害人的手段，不少月族會利用蠱來治病。但對方悅兒他們這些從未接觸過蠱的人來說，讓毒蟲進入體內實在是件無法接受的事，治病還是吃藥得好。

但無法否認，蠱的確能做到一些藥物無法達到的效果，而在害人方面，效果更加驚人。

方悅兒說到這裡，素來明媚的神色也不禁變得陰暗起來：「娘親所中的蠱毒除了會讓她身體日益虛弱，也會損害她的記憶力。呂神醫雖對蠱毒沒有太深入的研究，但憑藉他高超的醫術，還是幫娘親把蠱毒壓制了下來。然而這也已是極限，即使是呂神醫，也無法爲娘親根治。後來阿爹找到一些在國內經商的月族，可那些月族卻說娘親所中的蠱十分特別，他們也沒有辦法，要找到下蠱的人才能治本。」

「月族下蠱的方法令人防不勝防，大多是把一些肉眼幾乎看不見的蟲卵或蠱蟲藏在指甲縫等讓人難以察覺的地方，經由觸碰，將蠱毒下在食物或受害者身上，最終蠱蟲再進入受害者體內。」方悅兒解釋。

「下蠱的，是妳娘親娘家的人？」段雲飛思緒敏捷，他想到剛剛方悅兒特意提了宛清茹回娘家上香一事，覺得少女不會無緣無故提出無關的事。

「阿爹是這樣猜測的。」果見方悅兒頷首道：「雖然暫時壓抑了蠱毒的影響，娘親沒有再忘東忘西，可是先前失去的記憶卻回不來，也無法確定是什麼時候中了蠱毒。起初阿爹以為是娘親不小心得罪了月族人，以致被人下蠱。可若只是小小摩擦，誰會捨得使用這麼特殊的蠱？後來阿爹推算娘親出現異常的時間，猜測是在回娘家時出事的，又發現娘親在旅途中手寫的書冊不見了，這才推論是前往娘家的途中。」

「原本這還只是阿爹的猜測，可是當他派人到宛家，發現宛家的人全都搬走以後，這猜測便成了確信。」說到這裡，方悅兒神色變得很難看。如果真是宛清茹娘家所為，那就真的太過分了。

宛清茹被歹徒劫走又不是她所願，可是在女兒險死還生回家後，宛家卻覺得女兒名聲毀了，強逼她削髮爲尼。後來宛清茹被方毅救走，在得知親人去世後掛念舊情回娘家上香，卻因此被人下蠱毒！這到底是怎樣的家人，竟對一個弱女子三番四次地趕盡殺絕？

相較於只是對此覺得驚訝的段雲飛與林靖，玄天門眾人知道原來還有這麼一件往事後，神色都很難看。連瑾皺起了眉，拿著扇子漫不經心地輕輕敲打著桌面，問：「可是目的呢？宛家這樣做的目的何在？要是說他們還記恨著方夫人當年連累了宛家的名聲，可是出動到蠱毒來害人性命也太過了。何況蠱毒是月族掌握的技術，難道宛家有月族人？」

方悅兒道：「當年看到宛家早已人去樓空，阿爹就知道娘親身上的蠱與宛家脫不了干係。宛家人口不多，除了宛家兩老，就只有兩個孩子。我娘親是長姊，其次還有個名叫宛清芸的小女兒。娘親回到宛家時，兩老有一人死去，外公則……有些身體不適……家裡就只剩下宛清芸一人主事，而最有機會對娘親下手的，就是這個人。」

聽到方悅兒語焉不詳說她外公「有些身體不適」時，眾人的想法瞬間神同步。

他揍了吧？方毅那傢伙，眞的把他的岳父揍了吧!?

「雖然阿爹一直找不到宛清芸的下落，不過從宛家遺散的下人口中得知，宛家的二女兒曾帶了一名受傷男子回宛家。男子英俊風流，而且武藝高強，我們猜測宛清芸不會無緣無故看上娘親所寫的祕笈，應該是受那男子指使，可惜下人並不知道對方的身分。」

方悅兒說到這裡，想起自己好像還未解釋過那本遊記的特異之處，於是補充了一句：「那本遊記，其實是娘親用密語重新抄寫的一本武林祕笈。」

聽到方悅兒的解釋，眾人恍然大悟，也明白爲什麼梅莊主會把那本遊記珍而重之地藏在書房暗格了。

林靖問：「當年方夫人爲什麼會把武林祕笈抄寫成遊記，還被宛家的小女兒看了出來？」

「聽說娘親從小便與宛清芸感情很好，她們小時候因爲貪玩，二人發明出一種只有姊妹倆才看得懂的密語，以此寫紙條來通訊。而娘親寫這本遊記時用的也是那種密語，因此宛清芸是看得懂的。」方悅兒只回答了林靖第二個問題，對於宛清茹爲什麼要將祕笈寫成遊記，卻是絕口不提。

雖然方悅兒一直被雲卓他們保護得很好，並沒有接觸到什麼陰暗的事，可並不代表她是什麼都不懂的傻白甜。

宛清茹用密語將武功祕笈重新抄寫成遊記一事，方悅兒曾詢問過方毅。當年方毅並沒有細說，只告訴方悅兒那是他無意中獲得的一本記載強大武功的祕笈。只是祕笈只有下卷，加上方毅的心法已修練多年，現在才散功重練也不實際，丟棄它又覺得可惜，於是便將這本殘缺的祕笈留了下來。

只是祕笈中所記錄的武功實在太強大，即使只有下卷也是會讓人趨之若鶩的東西。方毅有些擔心將東西留下，也許會爲玄天門帶來麻煩；宛清茹知道此事後，便興致勃勃地提出把內功心法用密語重新抄寫成遊記，以掩人耳目。

雖然方悅兒不知道書冊中到底隱藏著怎樣厲害的內功心法，可素來天不怕地不怕的方毅，會因顧忌這心法而讓宛清茹將其用密語隱藏起來，此心法必定不簡單。

雖然方悅兒覺得林靖與段雲飛都不是居心叵測的人，可是防人之心不可無，她並不希望拿一些難以抗拒的誘惑來試驗彼此之間的友誼。

林靖自然察覺到方悅兒對自己的第一個疑問避而不談，對此也不在意，很識趣地沒有追問下去。

眾人知道宛清茹當年曾被人下蠱一事後，總算明白方悅兒為什麼會對這本失而復得的遊記如此重視，並堅持要親自與聽風樓樓主見面詳談了。

再想想這書冊是被發現收藏在白梅山莊裡……還真是細思極恐啊！

❀

既然事情涉及到宛清茹的死亡眞相，方悅兒爲人兒女，自然要爲死去的娘親主持公道。

雲卓等人沒有了阻止她前去的理由，雖然仍覺得擔憂，但也理解自家門主大人的執著與堅持。

林靖看著臉色凝重的玄天門眾人，不禁露出無奈的表情。他其實只是剛好得知聽風樓樓主也在維江城，想順道與老朋友聚會，想起這位老友的身分也許能對段雲飛有幫助，這才好心提議讓雙方見面呀。

怎麼現在玄天門眾人的表情，好像自己要把他們的門主賣了似的？

天地良心，他眞的只是好心想幫忙而已！

雲卓他們也並非信不過林靖的爲人，只是聽風樓樓主的身分在武林中所代表的意義實在太特殊。

要是前往會面的人是雲卓等人，他們一定面不改色；可現在卻是他們的門主大人親身前往涉險，無論如何一行人就是放心不下來。畢竟在他們心中，比起自身的性命，方悅兒重要得多了。

因爲重視，所以才會照顧她、保護她，這已是雲卓他們這麼多年來的習慣，一時半刻實在改不過來。

相較於雲卓幾人，方悅兒倒是鎭定多了。既然已做出決定，這個心大的姑娘就不會退縮。而且她小動物般的直覺並不認爲林靖對她懷有惡意，因此晚上倒是一沾上枕頭就睡著了。

只是這一晚，方悅兒久違地夢到了多年前過世的娘親。

分。

當她午夜醒來時，已不太記得夢中的內容，但溫暖的感覺卻讓方悅兒留戀萬分。

宛清茹逝世時方悅兒年紀尚小，她只記得死去的娘親是個很溫柔的人。與總是冷冰冰強逼她練武的方毅不同，宛清茹很愛笑，即使在受到疾病的折磨、生命走到最後時，仍是笑著面對。雖然方悅兒對她的印象所剩不多，但仍記得對方給自己的愛與溫暖。

閉上雙目倒回床上，方悅兒卻發現自己沒有睡意了。

「……睡不著。」

麥冬聽到方悅兒的動靜，立即從牠的小窩裡探出頭，好奇地盯著起床想要往外走的少女。

方悅兒見狀，連忙伸出食指放在嘴巴前，做出一個「噤聲」的動作：「噓，別吵到半夏她們休息。」

雖然侍女們沒有在方悅兒房內休息，但即使休息時還是會關注方悅兒房間的狀況，要是有大動靜，難保會吵醒她們。

方悅兒想到這段時間的旅行，都是半夏等人辛苦照顧自己，便不想因爲睡不著這種小事打擾到她們休息。

雲來客棧中有座面積不小的庭園，方悅兒深夜睡不著，覺得實在無聊，便打開窗戶想看看樓下月下的庭園景色，怎料卻看到一個鬼鬼祟祟的人影。

方悅兒一開始還以爲是潛入行竊的小偷，正想要大聲呼喊，然而當月光灑在對方半邊臉孔時，方悅兒一看清楚那人，便及時住了嘴，把要脫口而出的呼喊給吞了回去。

此時那人也發現到方悅兒，仰起臉往她的房間看去時，月光頓時照亮那張英俊的臉龐——不是段雲飛是誰？

段雲飛睨了少女一眼後，竟撇開視線，裝作沒看到她，邁步離開。

方悅兒見對方無視自己，心裡有氣，便雙手放在嘴巴兩旁，做出一副要大叫大喊的姿勢。

段雲飛見狀，嘴角一抽，只得用輕功掠到方悅兒身邊，一把摀住少女的嘴。

方悅兒露出計謀得逞的神情，拉下對方摀住自己嘴巴的手，得意地笑道：「阿

飛，這麼晚不睡，你又要去哪裡野了？」

段雲飛看著方悅兒好奇的星星眼，只覺得頭痛萬分，但最終還是回答道：「身上的錢用得差不多了，明天還約了聽風樓的樓主見面，與聽風樓談生意可不便宜，所以我打算外出去充填一下錢包。」

方悅兒聞言愣了愣：「你這麼晚還要出去工作呀？」

段雲飛抽了抽嘴角，不明白少女爲什麼能得出這麼傻白甜的答案：「我要去劫富濟貧。」

方悅兒恍然大悟：「原來你要去做賊！」

說罷，少女便皺起了眉頭：「你武功這麼高，這叫恃強凌弱，不好。」

被方悅兒以看壞人的眼神盯著，段雲飛突然覺得自己像要做什麼十惡不赦的壞事似的，感覺特別不是滋味。

爲了扭轉少女心中對自己的壞印象，段雲飛詢問：「悅兒，我的武功高吧？」

方悅兒不知道他爲什麼突然這麼問，但還是點了點頭給予肯定。

青年續道：「我們身爲武者，這麼辛苦地練武到底爲了什麼？正因爲這個世上有太多規矩束縛著我們，因此我們才須要變強，以能夠打破束縛我們的桎梏，活得隨心所欲！」

聽過段雲飛一番熱血的發言後，方悅兒沉默半晌，問：「你是在忽悠我吧？」

段雲飛：「……」

還不待段雲飛再次更正自己並不是單純的賊，要劫的都是維江城出了名的奸商，以及魚肉百姓的富豪時，方悅兒已興致勃勃地續道：「既然如此，我也要去！反正睡不著……我還未當過賊呢！」

等等，妳的道德底線呢!?

剛剛是誰說恃強凌弱不好？

這麼乾脆地表示要同流合污，這樣好嗎!?

三、聽風樓主

見方悅兒一副主意已定的堅決模樣，段雲飛早已領教過對方的難纏勁，也沒打算多費唇舌說服她不要跟來，只無奈地抓了抓頭髮，道：「妳先換過一套衣服吧，我在外面等妳。」

雖然方悅兒的房裡有屏風，但段雲飛還是覺得人家姑娘在換衣服時，自己留在房內並不適合。雖然他行事任性又不拘小節，有時卻又守禮得很。

爲免讓段雲飛等太久，以此爲藉口丟下她離去，方悅兒飛快換好衣服，頭髮簡單束起就出去了。雖然方悅兒平時更衣束髮有侍女代勞，但她不是那種離了侍女就沒有自理能力的嬌弱大小姐，眞要自己來時也能做得又快又好。

方悅兒的顧忌不完全沒有道理，段雲飛眞的打算只等她一刻鐘。要是一刻鐘後她還不出現，他便有藉口離開。怎料這丫頭動作卻意外迅速，很快便換了一身黑衣，笑嘻嘻地來到他面前。

「感覺認識阿飛以後，我穿玄色衣服的機會變多了。」方悅兒感慨。

素來喜穿玄衣的段雲飛，想起方悅兒曾說「玄色衣服特別適合穿來幹壞事」的言論，聞言後翻了個大大的白眼。

方悅兒也不在意對方的白眼，喜孜孜詢問：「我們要去打劫誰？好緊張喔！」

段雲飛看著對當賊相當期待的方悅兒，也不知該從哪裡吐槽好，決定無視少女詭異的興奮狀態，好奇詢問：「妳這次不帶麥冬去？」

方悅兒露出個看白痴的神情：「麥冬的毛色這麼顯眼，跟著一起去不適合。能夠讓阿飛你看中來『劫富濟貧』的肥羊一定不簡單，不說一定肥得流油，勢力說不定還很大。要是帶著麥冬一起去，事後人家報官府要抓捕帶著白松鼠的人便糟糕了，這目標實在太顯眼啊，我們還要在維江城待一段日子呢！」

段雲飛被方悅兒鄙視了番智商，感到不爽，故意氣勢全開，咧嘴露出個凶殘的笑容唬嚇她：「放心吧！不會有這問題，被我洗劫過的人家不會留下活口。」

方悅兒卻是完全不信他的鬼話，一副「你說什麼就是什麼，我懶得與你爭論」的模樣回答了聲：「哦。」

段雲飛頓覺好像一拳打在棉花裡，感覺超鬱悶。

見對方鬱悶的模樣，方悅兒想起一會兒還得要人家帶著自己去打劫呢，可不能像現在這樣一點氣勢也沒有，便立即上前拍了拍段雲飛的肩膀安慰：「我家阿飛最是殘酷不仁了，我看好你唷！」

段雲飛一點都不覺得被安慰到，心裡不爽，他就想讓別人更加不爽快。結果這一晚維江城裡一個爲富不仁的奸商，以及一名魚肉百姓的官員便倒了楣。不僅家裡錢財被洗劫一空，人也在睡夢中被襲擊，被脫光衣服倒吊在自家大門前。而他們斂財、行賄的證據更被人公開，一份份記錄著各種罪惡的書信與帳簿內容，讓人觸目驚心。

同一天晚上，貧民區裡不少貧戶睡醒後都發現自己窗旁莫名被放了一些銀兩。雖然數目不多，但對這些貧困的家庭來說卻足以用來救命了。

看著自始至終非常合作一起劫富濟貧、對自己所有行動都付以百分百配合的方悅兒，段雲飛忍不住說道：「還以爲妳會提出異議，抗議我給出去的錢太少。」

方悅兒撇了撇嘴：「我也不是個什麼都不懂的人，莫名其妙給人太多東西並不是好事，那些貧困人家根本無法吃下那麼多財富，只會爲他們帶來殺身之禍而已。而且如此輕易獲得大量錢財，也會助長不勞而獲的風氣。你給的錢在所劫的財物中雖是九牛一毛，但對那些窮人來說卻已是足夠了，他們可以用這些錢財買藥救命，也可以利用它改善生活。有些人甚至可以作爲本金來做些小買賣，說不定還能成爲他們脫貧的契機呢！」

想不到方悅兒心思如此剔透，段雲飛一直將她視爲不知民間疾苦的大小姐，現在才發現小看了她。

欣慰的心情才剛生起，便見少女在他面前攤開了手掌。

「……怎麼了？」看到方悅兒的動作，段雲飛心裡生起不祥的預感。

「你可別想著糊弄過去，我的那份贓款呢？江湖規矩，見者有份喔！」方悅兒咧嘴一笑，頓時露出兩個甜甜的酒窩。

每次看到方悅兒的酒窩，段雲飛便覺得手很癢。這次他終於忍不住伸手戳了戳少女左臉的酒窩。青年只覺指尖觸及的肌膚非常細嫩，接著瞬間像被燙到般，把手指縮了回去。

方悅兒並沒有多想，雖因對方過於親暱的動作而愣了愣，不過想到自己是個顏控，說不定段雲飛是個酒窩控？自己都拿對方的臉來下飯了，自己酒窩偶爾被他戳一下也沒什麼大不了。

想到這裡，方悅兒便無視對方有些無禮的舉動，繼續追討屬於自己的戰利品：

「所以我那份呢？」

段雲飛因剛剛的動作有些心虛，也沒有與方悅兒討價還價的心思，分出來的贓款倒是比少女預期的多了不少，直把方悅兒樂得找不著東西南北。

方悅兒一臉眉開眼笑、撿了大便宜的得瑟模樣，實在讓人難以理解坐擁龐大財庫的玄天門門主，爲什麼能爲了這小小的贓款這麼高興。

偏偏段雲飛就是喜歡她這副滿足的小模樣，見她這麼高興，心情也隨之好了起來。不僅一點都不因給出一大筆錢財而懊惱，反而還在檢討自己是不是給少了。

❀

第二天一早，眾人很快便得知維江城內出現了俠盜一事。

雲卓他們與段雲飛相識多年，一眼便看出這是他的手筆。在段雲飛還是個孑然一身的小少年，每當缺錢時他便會打著劫富濟貧的名義把一些奸商與貪官洗劫一番。加上段雲飛要找聽風樓幫忙，也許須要動用不少錢財，這位「俠盜」的身分便呼之欲出了。

就連林靖，也若有所感地朝段雲飛促狹地笑了笑。

雖然猜到這件事是段雲飛做的，但他們並沒有多說什麼。反正看維江城人民拍手稱快的模樣，段雲飛這番作爲可說是替天行道了。

當然，要是讓雲卓他們知道自家門主也跟著去當了一回賊，一定沒有現在那麼淡定……

這次去做壞事成功瞞過了雲卓他們，方悅兒趁眾人沒留意，向段雲飛得意洋洋地展顏一笑。

段雲飛看到方悅兒得意的小模樣，最終將視線停在少女嘴角邊的酒窩上，覺得手又有點癢了……

好想戳一戳啊！

俠盜的身分雲卓等人心知肚明，但未引起任何波濤。此刻他們全副心神都放在與聽風樓樓主的會面上。

既然無法陪同方悅兒，雲卓等人只得千叮萬囑要她小心，一臉擔憂地目送著她離去。

林靖回首看了看可憐兮兮目送著自家門主離去的玄天門眾人，忍不住「噗哧」一笑：「別人不知道，看這情況還以為我要把妳賣了。」

方悅兒倒也厚臉皮，不但完全不覺尷尬，還向對方打趣：「所以你可要把我好手好腳地送回去，不然『武林盟主獨子拐賣玄天門門主』這罪名你絕對跑不掉！」

林靖聞言做出一個驚恐的表情，逗得方悅兒咯咯直笑。

段雲飛看著兩人言談甚歡，突然覺得有些不是滋味。要知道初與方悅兒認識時，少女對他雖說不上惡言惡語，但也絕不親暱。

這兩人才認識多久？怎麼一副很熟絡的模樣!?

方悅兒可不知道段雲飛心裡正泛起一股酸味，此刻心思都被接下來的會面一事所佔據，同時也十分好奇大名鼎鼎的聽風樓樓主，到底是長什麼模樣。

這麼想著，方悅兒就問出來了。

林靖笑道：「聽風樓的樓主姓風，妳喚他風樓主就好。他是個靜不住的人，在任何地方都待不久，喜歡到處去聽八卦。這次也是我們幸運，阿風正好就待在維江城裡。」

剛剛林靖的一番話，似乎說出了風樓主一個奇異的屬性……

方悅兒歪了歪頭，問：「林公子你是如何知道風樓主在維江城？」

「我不知道啊！」林靖說完，見方悅兒聞言後訝異的神情，笑道：「是他找到我的，你忘記聽風樓是怎樣的組織嗎？只怕我們還未踏進維江城，他便知道我要來了。」

風樓主知道林靖將來維江城，便主動相邀對方見面，這麼看來二人關係似乎真的挺不錯。

一旁的段雲飛卻對那位神祕的風樓主興趣不大，反正一會兒他們就能見到本人了，倒是對林靖爲什麼會認識這號人物有些興趣：「你怎麼會認識聽風樓樓主？」

林靖回憶著與風樓主的相遇，露出了回憶的眼神：「初次見面時，我並不知道阿風是聽風樓的樓主，只以爲他是個普通的旅人。我們因一場交易而搭上話，發現彼此前行的路線相同，便一起結伴同行了。」

「什麼交易？」段雲飛敏銳地抓住了重點，心想到底是怎樣的交易，把武林盟主獨子與聽風樓樓主這兩號大人物連繫在一起？

風樓主掌握著各種情報，林靖身爲武林盟主的代言人，這二人跺一跺腳，武林都要震上一震啊。

林靖不知回想到什麼，表情更加柔和了，還充滿感激之情：「記得當時我身處荒郊野外，人有三急下在草叢就地解決。結果完事後卻發現身上沒有草紙，是阿風及時出現，讓我用一塊米餅換了幾張草紙，我才解決了燃眉之急。」

段雲飛：「……」

方悅兒：「……」

想不到搭起兩名大人物友誼的交易，其畫風竟如此清奇……

方悅兒與段雲飛抽了抽嘴角，雖然心裡的小人在瘋狂吐槽，但都不約而同地保持沉默。

因爲實在不知道要跟林靖說什麼才好……

上完廁所卻發現沒有草紙什麼的，想想也覺得很囧呀！

所以說他們的第一次會面，是在充滿「氣味」的環境下嗎……

而且風樓主給林靖草紙就算了，還要人家拿米餅來換!?

再想像當時的情景，野外的條件各種不足啊……林靖將米餅拿給風樓主時到底洗手了沒？

這麼吐槽點滿滿的初次相遇，方悅兒與段雲飛二人都不知該從哪裡開始說才好了。因爲吐槽點太多，二人便很有默契地選擇沉默是金了。

同時也因林靖口中的詭異相遇，令他們對與聽風樓樓主的會面再也生不出絲毫緊張感。方悅兒甚至還擔心看到本人時，她會不會忍不住笑出來。

林靖形容的情節太具畫面感，她怕只要看到風樓主，腦內便會浮現對方要求林靖拿米餅交換草紙的模樣……

受到林靖與風樓主初遇故事的衝擊，方悅兒與段雲飛一路上顯得異常安靜，默默跟隨林靖來到與風樓主約定的地點。

出乎方悅兒兩人預料，林靖竟與風樓主約在一間很熱鬧的茶樓。茶樓內可說是座無虛席，人們邊吃東西邊高聲談笑，鬧哄哄的非常熱鬧。

這座茶樓位於維河河畔，不僅風景優美，附近還種了一排柳樹，帶著涼意的微風吹起時，飄動的柳枝別有一番意境。

除此之外，這裡的點心也相當有名，泡茶用的茶葉雖很普通，但用量很足。再加上有幾款只有此處才有的美味點心，讓這茶樓客似雲來客棧。

「人很多耶！風樓主約在這裡見面，算是『大隱隱於市』嗎？」方悅兒還以爲風樓主會約他們在一個很祕密的地點會面，想不到竟直接約在熱鬧的茶樓。難怪林靖要他們無須擔心，打包票他們不會有危險。

在這種熱鬧且開放的地方，眞出了事情，以段雲飛他們的武功要帶她全身而退並非難事。

段雲飛猜測：「難道這座茶樓，也是聽風樓的其中一個據點？」

林靖笑著搖首：「阿風選擇這裡並沒有什麼特別原因，要說的話，只是因爲那傢伙喜歡吃這家茶樓的點心而已。」

三人邊走邊閒聊，很快在店小二的帶領下來到位處茶樓二樓的包廂。包廂裡早已有一人在等候，竟是一個長相艷麗的貌美女子！

女子身形十分高眺，目測比方悅兒年長幾歲，與林靖差不多年紀。她看到眾人進來時，滿臉笑容地起身相迎。

「妳、妳就是聽風樓的樓主!?」方悅兒與段雲飛都驚呆了，但方悅兒比較沉不住氣，直接驚呼出聲。

女子並不介意方悅兒的無禮，盈盈笑道：「這小妹妹真可愛，妳就是玄天門的方門主對吧？我是風樓主沒錯，妳怎麼看到我的樣子後這樣驚訝了？」

方悅兒期期艾艾地說道：「那個……草紙、還有米餅……」

少女之所以會如此震驚，自然是因爲剛剛他們才聽林靖聊及他與風樓主不得不說的邂逅，雖覺得那初遇的發展太詭異，但也只是在心裡吐槽。

可現在看到風樓主竟是名貌美女子，方悅兒再想到林靖剛剛說的事，整個人都不好了！

所以林靖他在荒郊野外上大號時，被風樓主這位美人撞見了!?

然後林靖一點都沒感到不好意思，還向人家姑娘借草紙？

更奇葩的是，風樓主也沒有避嫌，提出用草紙換米餅!?

本就覺得這兩人的相遇很詭異，尤其幻想中的中年大叔版本風樓主，變成了眼前這位嬌滴滴的大美人時，這詭異的程度都要突破天際了！

然而方悅兒卻不知道該怎樣回答風樓主的疑問，又不好意思直說，因此腦袋仍處於混亂的她，只吐出了幾個關鍵字……

風樓主聞言，露出困惑的神情，顯然抓不到方悅兒話裡的重點。不過剛剛才談及這件事的林靖，則是憑藉這些關鍵字猜出他們震驚的原因。

然而林靖的反應出乎方悅兒他們預料，他並沒有絲毫害羞，反倒露出了無奈的神情，道：「我初次遇上阿風時，他是男的。」

段雲飛與方悅兒接下來的反應，就能看出男女關注的重點大不同。二人聽到林靖的話，都顯得十分吃驚，隨即段雲飛的視線不禁掃向風樓主的胯下，露出一個是男人都懂的、肉痛的神情……

方悅兒則看向人家豐滿的胸口，一臉探究。

把那部位切掉，這得有多痛啊……這是段雲飛的心聲。

這胸部到底怎麼弄出來的啊？這是方悅兒的心聲。

見二人一臉被狠狠震撼到的模樣，風樓主笑得花枝亂顫，覺得他們的反應有趣極了。

雖然林靖並不知道他們關注的重點有些詭異，不過看到自己的話打擊到人，還是很有良心地解釋了下：「阿風這人吧……他的外貌一時是男一時是女。我認識他很久了，至今也弄不清楚他真正的性別。他的男生扮相沒有任何破綻，我曾經按過他的喉結，跟真的沒差別。」

風樓主聞言掩嘴一笑：「阿靖你就是害羞，真好奇的話，你想檢查別的地方也可以唷！不過我對自己的易容很有自信，你肯定找不出我的破綻就是了。」說罷，風樓主還挺了挺胸，令人對他口中的「別的地方」充滿了遐想。

正在喝茶的林靖「噗」地把茶噴了出來，瞬間滿臉通紅，也不知是因為咳嗽，還是因為害羞所致。

「今天方門主你們相約我見面，是有什麼事需要聽風樓調查嗎？」風樓主向林靖拋了個媚眼後便神色一轉，變得嚴肅起來，充分演飾了什麼叫「撩完就閃」。

方悅兒看了看一臉嚴肅、實則內心蕩漾的風樓主，再看了看被對方逗得滿臉通紅的林靖，突然有些為武林盟主獨子的貞操擔心了……

先不說風樓主到底是男是女，這位也太會撩了！

而且重點是人家長得很美、能力又高，林靖真的能扛得住嗎!?

四、林家往事

雖然爲林靖的貞操感到擔憂，不過感情是人家的私事，方悅兒只是在心裡爲林靖的貞操默哀了下，隨即便開門見山地與風樓主談及從白梅山莊獲得宛清茹手抄書冊一事。

畢竟還不清楚風樓主的爲人，雖然因林靖的關係，方悅兒對對方有著基本的信任，但說及那本書冊時，少女並沒有提到太多，只說娘親曾遺失過這麼一本書冊，想要查查看這本書爲什麼會出現在白梅山莊。

風樓主聽完方悅兒的話後，只道：「所以方門主是想查一下方夫人死亡的眞相，對嗎？」

見方悅兒三人瞬間變得銳利的目光，風樓主輕聲一笑，解釋：「我們做情報業務的，武林各大門派都是我們重點調查的對象。當年我們聽風樓也接過玄天門前任門主方毅的生意。雖然很遺憾最終找不到對方夫人下蠱的凶手，但我們知道的事並不少。」

方悅兒也是到此時才知道，原來自家老爹早已委託過聽風樓調查娘親的事了。

方毅冷冰冰的性格，方悅兒一直不明白對方的想法，她總認爲父親心裡除了武功就放不下其他，也不明白那麼溫柔的娘親到底喜歡他哪裡。

但方毅似乎比方悅兒所想的更加重視宛清茹，雖然從不在女兒面前說太多關於亡妻的事，可對她的死，方毅卻是出乎意料地重視。聽風樓的委託費用非常昂貴，從這點可看出方毅對宛清茹的在意程度。

方悅兒忍不住想，父親並不與自己多談娘親的事，是不是顧及自己年幼喪母的心情？

父親之所以沒提自己委託聽風樓調查一事，是不想讓她對這件事有太大的壓力？

方悅兒不是沒想過去找聽風樓，只是她並不知道當年遺失的到底是什麼武功的祕笈。聽風樓的名聲一向毀譽參半，將此事告知對方，悅兒並不放心。然而方毅倒是比她有魄力得多，早早就去找聽風樓調查了。

「很遺憾，雖然我們還未找到下蠱的凶手，可這些年來聽風樓仍關注著相關消息，並獲得了一些新情報。」風樓主道。

聽到有新的情報，方悅兒雙目一亮，眼巴巴地看著對方。

少女一雙水汪汪的杏眼實在太有殺傷力，被那雙眼睛可憐兮兮地注視著，饒是風樓主再鐵石心腸也不禁心軟了幾分。

方毅已經過世，方悅兒又一副對雙方交易毫不知情的模樣，風樓主也不是不能漫天叫價佔便宜。但當年他們的交易玄天門說不定留有記錄，再加上方悅兒是林靖的朋友，風樓主便沒有與對方談價錢，如實相告這段時間所獲得的情報：「相信大家知道，多年前武林中曾發生了一件大事：有一名蒙面高手趁林盟主外出時偷襲林家，那人不僅在整座林宅翻找了一番，更打傷了林盟主的兒子。幸好林盟主及時返回，與那名蒙面高手大戰一場，擊退歹徒。」

方悅兒聽到風樓主的話，不禁把視線投向林靖，只見青年的神情因風樓主提起這番往事而變得很難看。

風樓主續道：「後來才傳出消息，林盟主的兒子無礙，那高手誤認林家一個遠房親戚的兒子是林靖。那個倒楣的孩子身中魔功，最終傷重不治，當時眾人都認爲下手的人是魔教教主彭琛。同時，武林中傳出林家藏有『泫冰心法』，那蒙面人到林家就是想要搶走心法。我懷疑傳出這消息的就是彭琛本人，因前往林家奪取心法失敗，便故意把林家擁有泫冰心法的消息傳出去，好把水搞渾後趁機渾水摸魚。」

聽到這裡，方悅兒也不知該慶幸林靖逃過一劫，還是該慨嘆那無辜的孩子眞是太倒楣可憐了。

林靖不知想到了什麼，眼神有些複雜地看了段雲飛一眼，但隨即又飛快移開。只見青年痛苦地嘆了口氣，沉默良久後說道：「那孩子的死讓父親受到很大的打擊，我們林家實在是愧對於他。父親當眾燒燬泫冰心法的祕笈，甚至從此減少了外出任務，多數時間留守在家。他一直覺得很歉疚，要是那天他在家，便不會讓歹徒有機會乘虛而入了。」

對於林靖的說詞，段雲飛卻不認同：「在我看來，林易光之所以燒燬祕笈根本與愧對那孩子無關，只是因爲林家藏有泫冰心法一事洩露了出去。他不想林家成爲眾矢之的，就只能解決掉泫冰心法這燙手山芋。據我所知，林家當年只擁有心法的上卷，根本就無法修練。與其任由這心法爲林家惹來眾多貪婪的豺狼，倒不如直接毀了它，這可不關那死去的孩子什麼事。」

其實方悅兒也覺得林易光之所以毀掉這麼珍貴的心法，逼不得已的成分佔大多

數。當然對那個孩子歉疚應該也是有的，但誰會爲了一個遠房親戚的孩子做到那種地步？反正方悅兒是不信的。

只是礙著林靖的面子，因此對方的話方悅兒聽過就算了，並不會出言反駁，想不到段雲飛卻直接回了回去，這倒有些不像他平時的作風。

雖然段雲飛做事素來隨心所欲，卻不是個不顧同伴心情而任意發言的人。方悅兒直覺對方的情緒有些不對勁，卻不知那莫名的態度是爲何而來。

不待方悅兒細想，風樓主已續道：「人們一直認爲那名用魔功闖入林家的人是彭琛，因爲就只有魔教教主才懂得使用烈陽神功。可我們聽風樓卻有可靠情報指出，那人並不是彭琛。」

方悅兒聞言不禁露出訝異的神情。雖不知風樓主說這一連串事情與宛清茹的死有什麼關係，但少女已然被對方所說的陳年往事所吸引。

「不是彭琛幹的，這一點我已經跟他確認了。」段雲飛頷首贊同。

方悅兒訝異：「你什麼時候確認的？而且你爲什麼會向彭琛打探林家的事？」

段雲飛道：「就在我把他打得連他娘都認不出的時候確認的，我相信一個人在性命受到威脅時，說的話應該是眞的。至於爲什麼向他詢問林家的事……想問就問了，哪有那麼多爲什麼。」

段雲飛原本一直好端端的，此時不知爲何心情突然變得不好。方悅兒聞言翻了翻白眼，卻難得好脾氣地不與他計較，任由對方一副怨天怨地的態度。

方悅兒也不是任人捏的軟柿子，如果是那種懷有惡意的嘲弄，她自然會頂回去，堵得對方說不出話來；可若因爲對方單純是心情不好而語氣不善，方悅兒還是會體諒人的。誰都有心情不好的時候，段雲飛的態度也不是針對她，眞要介意也太小家子氣了。

方悅兒不在意，段雲飛自己反倒不好意思，難得向少女低聲道歉：「抱歉。」

方悅兒笑了笑示意自己不在意，隨即轉向風樓主，問：「那你們知道那個蒙面人是誰嗎？」

風樓主道：「當年魔教行事猖狂，林盟主之所以離家多日，讓歹徒有機可乘襲擊林家，是因爲那時接獲有魔教教徒侵佔一座村莊，在那裡姦淫擄掠無惡不作的消息，因此各路白道便同去殲滅凶徒。當時不少白道中人都有前往，然而蘇家家主蘇志強因傷在身所以缺席。可經我們調查後，發現蒙面人襲擊林家時，聲稱重傷須在家靜養的蘇志強，被人發現出現在林家附近。」

聽到這裡，方悅兒三人都變了神色。

如果聽風樓的情報沒錯，那麼蘇志強便很可疑了！

若當年闖進林家的蒙面人是蘇志強，這麼一來也就說得通那名凶徒為什麼有那麼高強的武功，甚至能在盛怒的林易光手中全身而退。

畢竟蘇志強身為蘇家家主，武功在武林中屬於佼佼之數。只是蘇志強為白道中人，怎會修練魔教只傳給教主的烈陽神功!?

方悅兒想起當初武林眾人之所以拜託她尋找段雲飛，便是因為有人利用應已失傳的魔功在武林作惡。因此眾人這才想尋找段雲飛，以探聽魔功的擁有者——彭琛的生死。

那有沒有可能，其實掉下懸崖的彭琛眞的已經死了，而現在統領魔教餘孽作惡的人……是同樣修練了魔功的蘇志強!?

方悅兒並不知道為什麼蘇志強會修練魔功，可是聽風樓的情報是很可靠的。雖然聽風樓在江湖中名聲不算好，很多人認爲他們做的是不太光彩的生意，但誰也無法否認他們的誠信。

雖然風樓主也無法確定闖入林家、用魔功傷人的是蘇志強，但這人當年既然出現在林家附近的時間點實在過於巧合，再想到蒙面人在林易光手中全身而退的高強武功，蘇志強的嫌疑實在太大了！

「可是……闖入林家想要搶奪泫冰心法我能理解，可爲什麼要打傷林公子呢？雖然最終打錯了人……但當年那個蒙面人出手，本意是要打傷年幼的林公子對吧？這對他來說有什麼好處？」方悅兒問。

當年林靖年紀還小，以蒙面人的武功，要當場弄死他是分分鐘的事。可是他卻沒有把孩子一掌打死，只是將人打至重傷，拖到林易光回家後才死掉？

搶祕笈就算了，一個孩子根本就礙不了事。把林靖打傷，除了激怒林易光這點，方悅兒想不到還有什麼用處。

爲什麼要多此一舉呢？

林靖道：「我也想過蒙面人這樣做的理由，我猜他之所以想要打傷我，其實也是衝著祕笈來的。」

方悅兒疑惑地眨了眨眼，不明白打傷年幼的林靖，爲什麼能與祕笈扯上關係。

林靖解釋：「那蒙面人之所以盯上收藏在我家的泫冰心法，主要是因爲魔功的火毒雖然很霸道，可泫冰心法卻是烈陽神功的剋星。正因爲泫冰心法是唯一可以剋制烈陽神功的功法，因此在他闖入林家卻找不到目標後，便想到用魔功把我打傷。那時我年紀尚幼、內力也不強，身中火毒後絕對無法靠自己的力量治好，唯一的活路便是修練泫冰心法來對抗烈陽神功的火毒了。」

聽到這裡，方悅兒恍然大悟。敢情蒙面人企圖打傷林靖，是爲了逼林易光取出泫冰心法來給兒子修練療傷啊？

到時無論是探聽出泫冰心法的祕笈所在，還是把學懂泫冰心法的林靖擄走、逼問出心法的下落，蒙面人可以操作的地方便變多了起來。

可惜他卻打錯了人，那名被蒙面人打傷的孩子只怕內力不及林靖，甚至也許還是個不懂武藝的小孩，於是蒙面人這一擊便直接把人打死了。

看到計謀用不著，於是蒙面人又散布泫冰心法就在林家的謠言，把林家放在火上烤。最後林易光只得公開燒燬泫冰心法，說不定毀掉這個心法才是蒙面人的主要目的。

畢竟那名蒙面人已修習魔功有成，而林家的泫冰心法只有上卷，他自然不會爲了修練泫冰心法而讓現在修練的魔功半途而廢。

因此對蒙面人來說，能奪得泫冰心法固然好，可相較於把這能剋制魔功的泫冰心法留在林家手上，倒寧願毀了這功法。而從事情進展來看，蒙面人也算是得償所願了。

至於這件事與宛清茹有什麼關聯，風樓主也沒有賣關子，向方悅兒解釋道：「當年令尊拜託我們調查方夫人的死因時，有提及那本遺失的書冊。他坦言一直有收集武功祕笈的愛好，而一些功法缺失、又或者不適合修練的祕笈會另行存放，以免放在藏書閣會被弟子不小心翻閱到。方夫人出身書香世家，從小便有練字的習慣，看到這些無法修練又棄之可惜的祕笈，玩心一起便拿來練字。方夫人用密語將祕笈轉化成其他內容，還笑言這樣更不怕被人誤修了。聽說這種密語是方夫人與她妹妹宛清芸一起研究，而令尊的心思直白，對生活中很多東西不太在意，這些無用的功法他也不在乎，就任由夫人去折騰了。」

「當時前往宛家，令尊知道方夫人身上正好帶了一本被她改編了的書冊，可那到底是由什麼祕笈所改編的，令尊卻是說不上來。當他們發現方夫人身中蠱毒時，她的神智已受到蠱毒侵蝕，很多東西都記不得了。因此除了凶手，只怕世上誰也不知道當年被偷走的到底是哪本祕笈。」

想到剛剛風樓主說了那麼久當年林家的事件，當中除了證實襲擊林家的蒙面人不是彭琛，更重要的是蘇志強很有可能就是使用魔功闖入林府傷人、並四處散播林府藏有泫冰心法一事的那名蒙面人。

然而蘇志強修練的烈陽神功是怎麼來的？

方悅兒靈光一閃，向風樓主問道：「你懷疑當年被我娘親偽裝成遊記的書冊，便是烈陽神功!?」

風樓主點點頭：「不是說當年宛清茹的妹妹宛清芸帶了一個男人回家嗎？我猜測那人會不會是蘇志強？」

腦洞雖然有點大，可是這猜測卻完美解釋了當時的情況。

假設宛清茹前往宅院祭拜母親，身上帶著用密語寫成的烈陽神功，而她對妹妹宛清芸並未設防，也許是言談間提及，又或者懂得同樣密語的妹妹看出這是本武功祕笈。宛清芸把此事告知蘇志強，蘇志強對宛清茹手中的書冊動了貪念。

然而他們又顧忌著方毅，怕偷走書冊後被對方查出身分，便在宛清茹身上下了蠱毒使她記憶缺失，記不清當天發生的事。

因烈陽神功有著能吸取他人功力來修練的特殊性，蘇志強盜走魔功後很快便修練有成。接著他不知怎樣打聽到林家藏有烈陽神功的剋星——泫冰心法的上卷，於是便想辦法奪走泫冰心法，搶不走就使計毀了它，這才有了往後林家一連串的事。

這麼一假設，所有事情在時間、動機與邏輯方面完全對得上！

雖然方悅兒與蘇志強接觸得不多，可她還是能感覺出對方是個事事與林易光爭先、很有野心的人。要是蘇志強真的身懷魔功，那麼他知道了心目中的死對頭藏有能剋制自己的武功祕笈，即使只是不完整的上卷，他會幹出什麼事並不讓方悅兒感到意外。

「如果蘇志強真有修習魔功，那麼這些年來他是如何修練的？」段雲飛提出了一個疑點。

烈陽神功以吸取他人內力爲己用，魔教就是因爲這樣才臭名遠播。可如果蘇志強也有修練魔功，那麼練功時勢必得抓捕武林高手來吸取他們的功力，長期下來沒道理不讓人懷疑才對。

據段雲飛所知，蘇家所在的城鎮並沒有武林人士失蹤，那蘇志強用來修練的「材料」是怎麼來的？

結果風樓主語出驚人：「所以我有理由相信，蘇志強與彭琛是同伙的。魔教爲他提供練功的材料，而蘇家則爲白道中的間諜。還記得殲滅魔教那一戰嗎？蘇志強是得知彭琛位置後，第一個衝過去的人。也不知他到底是心急去搶功勞呢，還是急著要把彭琛滅口？」

聽到風樓主這番話，眾人都驚呆了。

林靖想了想，道：「如今彭琛生死不明，說不定現在身懷魔功、統領魔教餘孽在武林中興風作浪的人就是蘇志強。要是蘇志強很久以前便已與魔教有交易，那麼他能這麼迅速便把魔教餘孽整編起來也不足爲奇了。」

這次的旅程，本就是爲了魔教再次興風作浪而起，會在白梅山莊找到宛清茹留下來的手稿，是意料之外的收穫。然而方悅兒怎麼也想不到，這兩件事竟然還能拉扯在一起，形成了因果關係。

那麼藏著宛清茹手稿的白梅山莊，在其中又是怎樣的角色？

「我曾夜探白梅山莊，發現到一封密信，信裡內容正是寫著如何對付林家，以及買凶殺死林靖呢！」段雲飛冷笑道：「說不定蘇家並不只與魔教有牽扯，還與白梅山莊聯手，而那本書冊便是聯手的投名狀。畢竟泫冰心法與烈陽神功屬性相剋，要是蘇志強眞修練了魔功，便練不了泫冰心法。可泫冰心法對梅莊主來說，卻有著致命的吸引力呢！」

方悅兒聽到段雲飛的話，也想起在梅莊主房間發現的那封信，不禁向林靖投以憐憫的眼神。心想林家這個武林正道的標竿當得還眞不容易，在一眾野心家的眼中簡直就是公認的攔路石、想要一起弄垮的目標啊！

其實仔細想想，江湖上絕大多數的人們也只是爲了生活而奔波的武夫，要是沒有一個共同對抗的武林公敵，所謂的武林盟主也只是個擺設罷了。

不見魔教被殲滅的這幾年間，林易光都是閉關又閉關，在武林中變成吉祥物般的存在嗎？

蘇志強他們算計了這麼多，想要的除了是「武林盟主」這名號，更重要的是隨之而來的聲望與利益。如果機關算盡後卻只是當個吉祥物，那麼花費這許多心力到底有什麼意思？

沒有敵人的話，就由自己來創造。到時無論黑白兩道的領頭人都是自己人，那麼能夠操作的空間便多了，而從中的獲利就更是令人垂涎。

所謂的道德底線，只要越過後便會愈踩愈深。人的貪婪無止盡，既然已爲利益做了壞事，那麼在那些人的心裡幹一件壞事與幹十件之間只怕也沒多大差別。到最後僅餘不多的良心會全部磨光，做的事情只會愈發地喪心病狂。

雖然玄天門一直游離於武林各門派之外，素來不太參與江湖中的事，可是得知武林竟存在這麼大的毒瘤，還以一副正人君子的姿態位處白道門派的上層，方悅兒便覺得不得不管。

更何況，蘇志強這人很可能與自己娘親的死亡有著直接關係，方悅兒無法接受別人踩著自己親人的性命來上位！

少女抿起了嘴，向風樓主行了一禮：「我會調查清楚的，謝謝你把這些事情告訴我。」

風樓主對此並不居功：「方門主不用謝我，這只是交易而已，先前令尊已經給過報酬了。」

雖然風樓主這麼說，可方悅兒心裡還是感激的。畢竟父親已去世，他們之間的交易沒人知道，聽風樓大可不必繼續打聽情報。而且看風樓主說的事情一宗未了又一宗，顯然調查時是用了心的，不然也無法把這幾件看似無關的事兜攏在一起。

五、各種猜測

方悅兒的疑問已獲得回答，接下來要做的，便是尋找證據，證實剛剛眾人的推論了。

於是眾人便把視線投向段雲飛身上，看看他想要向風樓主詢問什麼情報。

段雲飛很乾脆地取出那封約他在中秋綵燈會見面的信件，道：「我想知道留信人的身分。」

風樓主伸出手，卻把桌上信件往青年方向推了回去：「很抱歉，這問題我無法幫忙。」

「阿風……」林靖頗不贊同地看著風樓主，明明來之前他們已都說得好好的，先前風樓主回答方悅兒的詢問也很盡心盡力，爲什麼偏偏輪到了段雲飛卻說無法幫忙？

「我也不是故意爲難段公子，可是他要找的人比你們更早來到聽風樓的分部，並與我們進行了交易，讓我們不要把他的事情告知你們呢！聽風樓可是打開門做生意的，誠信最爲重要，因此對段公子的疑問我實在是愛莫能助。」風樓主委委屈屈地看了林靖一眼，那我見猶憐的模樣實在勾人得很。

見風樓主即使說正事依然轉盼多情，方悅兒實在很想看看這人的男裝扮相。

該不會還是像現在女裝這樣如此……風騷吧？

而且他好像特別喜歡撩林靖？

方悅再次為林靖的貞操小小擔憂了下。

既然風樓主已言明接了對方生意在先，他們也不好胡搞蠻纏。然而錯過這能直接找聽風樓樓主調查的機會又不甘心，方悅兒眼珠一轉，道：「阿飛你不是在找什麼東西嗎？可以問一下風樓主知不知道它的下落。」

然而段雲飛卻搖首道：「林靖知道我在找什麼，既然他沒有說，那就是風樓主也不知道。」

方悅兒聞言，忍不住一臉疑惑地看了看段雲飛，又看了看林靖，覺得這兩人的關係實在撲朔迷離得很。

說他們是朋友吧，可之間的相處卻又很生硬疏遠；說他們是敵人，可有時候卻又表現出一種別人無法介入的默契。

就像現在，段雲飛認為林靖知道他要找的東西是什麼，而林靖與風樓主交好，因此他理所當然地覺得對方會幫忙詢問東西的下落。既然林靖沒告訴他那東西的下落，自然是因爲風樓主也不知道答案……

這哪裡是敵人或相看兩厭的模樣啊？說是朋友也未必有這種信任吧？

最讓方悅兒介意的是，怎麼連曾與段雲飛敵對的林靖都知道他在找什麼，偏偏自己依然被蒙在鼓裡？

「阿飛，你在找什麼？說不定玄天門有線索呢！」方悅兒問。

然而段雲飛一副理所當然地回答：「玄天門也不知道，雲卓他們早就幫我注意著，可惜至今仍未有消息。」

方悅兒聞言沉默了。

所以人人都知道了，就我不知道嗎？

感覺好不爽！

聽到段雲飛避重就輕的回答，方悅兒乾脆直接詢問：「我就是想知道你在找什麼。」

「可我不方便告訴妳。」偏偏青年不是一個你問他便老實回答的人，只見他的回答依舊直接得沒餘地，氣得少女牙癢癢卻又拿他沒奈何。

見鬼的不方便！人人都知道，偏偏就只是不告訴我！

見方悅兒眞的有點生氣了，林靖連忙岔開話題，試圖緩和一下氣氛：「那阿風你可否透露一下有關這次段公子被約來維江城一事，他有沒有什麼須要留意的地方嗎？」

「我的確是有些想法，看在阿靖的份上，我這次透露給你們的資訊就不收費了，就當與大家交個朋友。」風樓主聞言盈盈一笑：「那個留信邀約段公子前往維江城的人，據我所知是沒有惡意的。要是條件許可，段公子你可以考慮與他聯手。」

風樓主這番話雖然簡短，卻帶出了不少有用的資訊。

說段雲飛可以與那人聯手，就代表風樓主認爲那人的人品信得過，至少不是個坑隊友的人。

另外也帶出一點，就是這人與段雲飛有著相同敵人，因此才建議他們可以互相合作。

正所謂「敵人的敵人就是朋友」，雖然這話不能概括所有狀況，但至少能套用在大多數情況中，因此這次會面要是操作得好，段雲飛說不定能獲得一個不錯的助力。

畢竟那名神祕人能無聲無息地潛入白梅山莊，又在不驚動任何人的狀況下留下一封信，就已經表現出他的實力了。

風樓主不愧是林靖的朋友，夠意思！

在方悅兒開始埋頭吃著面前精緻點心的同時，段雲飛繼續向風樓主提出詢問：「那我換一個問題……」

方悅兒邊吃著點心，邊好奇地眨了眨眼，心裡猜著對方還有什麼事得出動到聽風樓樓主打聽，可想來想去也想不出答案來。

該不會又是些特意瞞著我的事了吧？哼！

方悅兒平常大氣得很，可終究是女孩子，女孩子有些時候是很小心眼的。何況段雲飛一副誰都知道，就獨獨瞞著她的模樣，讓方悅兒怨念頗深啊……

「我在白梅山莊遇上一名蒙面人，那人還在書房放了一把火，我想請聽風樓幫忙打聽一下那個蒙面人的身分。」段雲飛道。

方悅兒聞言雙目一亮，事情過了這麼久，那名蒙面人與他們只是巧合遇上，即使雙方轟轟烈烈打了一場，可其實也沒有多大怨仇，只是彼此夜遊做壞事時不湊巧被對方撞上而已。

要不是段雲飛說起，方悅兒都快要忘記有這麼一個人存在了。

這讓原本因對方的隱瞞而心裡不痛快的方悅兒，不爽的心情頓時緩和下來。

對段雲飛這番修飾過不少的話語，風樓主並沒有多說什麼。也不知是聽風樓查不出段雲飛與方悅兒夜探白梅山莊一事，還是人家早已心知肚明卻與他們一起裝傻，只聽風樓主說道：「我是知道白梅山莊在梅莊主死後，他命喪之地的書房曾經走水，卻不知道其中還有出現蒙面人，你們能詳細說說嗎？」

於是段雲飛便把當時遇上蒙面人的狀況敘述一次，最後總結道：「那蒙面人雖然蒙著臉，但應該是個年輕人，而且我能確定他使用的內功正是魔教的烈陽神功。然而他並不是彭琛，也不是蘇志強。」

即使武林中人能用功法改變體型，可原理是縮小骨頭之間的間隙，縮短身高與四肢長度。彭琛與蘇志強都是強壯的體格，而蒙面人身材瘦削，光看身體肌肉含量，怎麼看都不可能是同一人。

想不到段雲飛最後的總結如此驚人，方悅兒震驚得發出意義不明的驚呼聲：

「咦咦咦咦!?」

這樣一來，連同生死不明的彭琛在內，目前武林中修練烈陽神功的竟有三人！什麼時候只傳魔教教主的功法變得如此滿街都是了？

當聽到蒙面人所使用的功法是烈陽神功時，林靖也露出吃驚的神情。反倒是風樓主，不知是不是已打探到相關情報，還是道行太高深，倒是眾人之中表現得最為平靜的。

震驚的同時，方悅兒回想著蒙面人的武功。當時她並不知道蒙面人所使的就是武林中令人聞風喪膽的烈陽神功，只知道對方武功非常不凡。只是那蒙面人既然有修練魔功，為什麼沒有吸取段雲飛的內力呢？

方悅兒這麼想著便問了出來，段雲飛並沒有多加解釋，只是肯定地說道：「我能確定對方修練的是烈陽神功沒錯。」

說罷，便目光炯炯地把視線轉向風樓主。

風樓主苦笑道：「段公子你還眞給了我一道難題，很抱歉，這個疑問我也無法回答。」

方悅兒歪了歪頭，問：「聽風樓也無法探聽到那名蒙面人的消息嗎？」

風樓主搖了搖頭，露出不好意思的尷尬笑容：「不是……是眞的很不巧，那個蒙面人也找到聽風樓，讓我們不要外洩他的資料。」

眾人：「……」

這是所謂的「以子之矛，攻子之盾」嗎？

不想被情報組織調查，乾脆買通人家就好……方悅兒突然覺得新世界的大門在緩緩打開……

少女甚至還想著回去後問問雲卓他們，看玄天門有沒有什麼不可告人的祕密，到時先下手爲強去找聽風樓讓他們保密好了。

本以爲段雲飛連問兩個問題都遇上阻礙，會對此很失望，可是青年卻是神色如常。在風樓主說及蒙面人也有找聽風樓要求保密身分時，段雲飛還露出一副果然如此的神情，喃喃說道：「這樣啊……」

段雲飛的詢問就此結束，眾人便把這些事放在一旁，邊吃著東西，邊悠閒地聊聊天。

風樓主爲人八面玲瓏，談吐風趣幽默，偶爾還與他們交流一些江湖中的小八卦。雖然方悅兒他們各懷心事，但用餐的這段時間還是非常愉快。

當雙方分別時，雖然算不上變成多麼熟絡的朋友，但至少對彼此的印象都挺不錯。

離開茶樓後，方悅兒這才向段雲飛提出自己一直悶在心裡的疑問：「你對那個蒙面人的身分是不是有什麼想法？」

段雲飛聞言露出了訝異神情，方悅兒見他如此驚訝，不禁沾沾自喜道：「我剛剛已經看出來啦，你與風樓主談到那蒙面人時，表情有些不對。」

少女笑得神采飛揚，一雙杏眼明明白白表現出「快誇我！我多厲害！」的心理活動。段雲飛看著這樣的方悅兒，心頭莫名地怦怦亂跳，語氣不由自主帶著掩飾這心情般的嫌棄：「妳能忍到現在才問，想想還真不容易。」

雖然段雲飛這句話聽起來是讚賞，可卻是在嘲笑方悅兒心裡藏不住話，而且語氣還特別嫌棄，讓方悅兒立即炸了：「我才不會什麼話都亂說，我可有分寸了！」

「對對，妳一向有分寸。」段雲飛認同地點了點頭，然而語氣依舊氣人。明明話裡的意思是順著少女，可誰都能聽出充滿了敷衍。

一旁林靖看著兩人打鬧，突然覺得自己的存在好多餘……

這種他們明面上在吵鬧，實際卻在打情罵俏的感覺到底是怎麼來的!?

段雲飛逗弄了方悅兒好一會兒，見她真的快生氣了，這才停止耍弄對方的幼稚舉動，一臉嚴肅地說道：「妳猜對了，我的確對那個在梅莊主書房出現的蒙面人的身分有些想法。」

原本方悅兒還在氣呼呼地想著段雲飛這個人真討厭，除非對方向自己道歉，不然自己絕不再理會他。

然而聽到這番話，方悅兒立即被他引起好奇心，頓時不生氣了，一臉八卦地追問：「欸，到底是什麼想法？」

段雲飛也沒有賣關子，回道：「白梅山莊雖因爲梅莊主的死深受打擊，可是那段時間的守衛卻比平日更加森嚴。也就只有像我這樣的武林高手，才能在山莊裡來去自如。」

方悅兒見段雲飛話說到一半還不忘誇讚自己，頓時翻了個大大的白眼。

然而少女的鄙視卻完全沒有打擊到段雲飛自誇自擂的好心情，青年還露出一副「爾等凡人只能嫉妒我的能耐」的神情，反倒把方悅兒氣得牙癢癢。

林靖不禁想起當初眾門派的人前往玄天門，蘇志強被方悅兒堵得說不出話時的模樣，這與現在方悅兒被段雲飛耍著玩的狀況何其相似……

還眞是一物治一物啊……

只聽段雲飛好好誇讚了自己一番後，這才續道：「那蒙面人實力高強，能混入山莊我並不意外，可是第二天不是還有人在走水的書房中留下了一封信給我嗎？短短時間內白梅山莊便出現了兩個武功高強且藏頭露尾的武林高手？這就有些耐人尋味了。」

方悅兒聞言愣住，而林靖則露出若有所思的神情。

段雲飛續道：「還有，蒙面人主動尋找聽風樓，讓這個情報組織爲他隱藏身分，而那個留信給我的神祕人也是同樣做法。世上眞有那麼湊巧的事？」

聽到這裡，要是方悅兒還聽不出段雲飛的意思，未免太蠢了：「所以阿飛你的意思是，那名在書房裡與你打了一場的蒙面人，與留信給你的神祕人其實是同一人？」

原本方悅兒並沒有往這方面去想，可是聽完這番話後再仔細想想，蒙面人與留信的神祕人的確有不少共通之處。

他們同樣武功高強，兩人在差不多時間混入了白梅山莊，而且同樣到聽風樓提出要隱瞞身分。

「你這麼一說還眞的太湊巧了……怎麼先前我竟沒想到呢？」方悅兒喃喃自語說道。

段雲飛原本想回道「因爲我比妳聰明」，但想到剛剛逗得少女差點生氣，還是適可而止就好。反正是事實就是事實，不說出來也無損自己的英明。

明明段雲飛什麼都沒說，可是方悅兒看著他洋洋自得的囂張模樣，不知爲何覺得手有點癢，超想打對方一拳呀！

不過，雖覺得段雲飛的模樣很欠揍，但她還是決定看在這張俊臉的份上放過他，今晚吃飯時一定要看多兩眼來消氣！

段雲飛並不知道自己的顏值還有此等妙用，還有點奇怪怎麼覺得背脊有點涼，有種被人盯上的感覺。

想到那封邀約他到維江城綵燈會的信，他可不正被人盯上嗎？環視四周確定沒人躲在暗處監視自己後，段雲飛有點奇怪地搔了搔頭，便把事情拋諸腦後，心想是自己過於敏感了。

林靖問：「那你覺得這個藏頭露尾的人到底誰？」

段雲飛道：「那人既然知道我在找什麼，與魔教有關聯的可能性很大。另外，我猜他是與白梅山莊有仇的人，又或者……他就是白梅山莊的人。」

方悅兒皺起了眉：「爲什麼會與白梅山莊扯上關係？就因爲那蒙面人出現在山莊裡嗎？」

段雲飛解釋：「我前往白梅山莊一事並沒有公開，知道我行蹤的人寥寥可數。

那個留信的人為什麼會知道我在白梅山莊？因此我猜測他要不是本身就是白梅山莊的人，就是前來白梅山莊尋仇的仇家。畢竟要是與山莊交好，那人沒必要偷偷混進來；他大概是潛入山莊想幹什麼不好的事，正好碰見我在山莊裡。」

三人愈想愈覺得是這麼一回事。他們當然也明白目前這些都只是猜測，並沒有絲毫證據來證明，只是這並不妨礙他們大膽假設。

這次與聽風樓樓主的會面，雖然無法得知留信之人的確實消息，可是段雲飛對風樓主給他的情報還是很滿意的，同時也明白對方會對他們如此幫忙，甚至還免費贈送情報，主要也是看在林靖的面子上。這份情段雲飛雖然沒有明說，卻記在了心裡。

在段雲飛眼中，林靖是個很特別的人。他渾身正氣，是那種一看便讓人覺得陽光向上、很可靠，是可以託付背後給他的大俠形象。

而他知道對方並不是那種江湖中滿口仁義道德的迂腐之人，他行事靈活變通，只要不越過自己訂下的底線，為了達到目的，林靖並不介意幹一些壞事，絕不是個墨守成規的人。

例如段雲飛之所以能這麼快便打聽到維江城的狀況，從而挑選到要打劫的目標，就是林靖幫忙打聽的。

準確來說，是林靖認識的一位住在維江城的朋友幫的忙。那人知道段雲飛要劫富濟貧時更是興奮地叮嚀，要讓那個肚滿腸肥的富商好看，並且罵咧咧地直言彼此有著眾多私怨。段雲飛也從善如流地將富商列爲首要打劫的人物，第一天便向他下手了。

而那位林靖在維江城的朋友……是開賭場的……與那個富商有著眾多見不得光的交易。

林靖雖是武林盟主之子，可是他熱愛交友，而且只要是他看得上眼的人，無論怎樣的出身他都不會介意，因此朋友中不乏三教九流之輩，而這些名門正派眼中的烏合之眾，更多次在關鍵時刻拯救了林靖的性命。也正因如此，原本對林靖交友狀況頗有微詞、深怕那些人利用林靖對武林白道不利的人，最後全都閉上了嘴，不再多言。

林靖用事實說話，把那些一副爲他好、對他的交友狀況指手畫腳的人啪啪啪地打臉啊！

也因爲林靖這種性格，因此段雲飛其實並不討厭他。雖然因爲某些原因，他對林家的人怎麼也喜歡不來就是了。

六、東窗事發

三人回到雲來客棧，雲卓等人已一臉焦慮地等待著，見方悅兒安全回來才鬆了口氣。

這讓林靖再次哭笑不得，他不就只是帶方悅兒去見一見自己的朋友嗎？

雖然他朋友的身分是有點特殊……吧？

這次從風樓主那裡獲得了不少驚人消息，方悅兒也沒有瞞著雲卓等人，全數告知了剛剛他們談話的內容。眾人得知蘇家的蘇志強也許與宛清茹的死有關，便立即通知玄天門在蘇家所處的軒轅城的勢力，讓他們密切關注蘇家的一舉一動。

同時，他們還派出一些玄天門的弟子前往與當年有關的所有地點調查，而宛家遺宅更是調查的重中之重。

雖然過了這麼多年，不少有用的線索已被時間湮滅，何況聽風樓已做了專業調查，他們也沒指望找到的線索能強過對方的，但即使只有很小的可能性，他們也不想放過。

相較於玄天門的忙碌、眾人對風樓主的話的重視，段雲飛則顯得悠閒自在得多。

好。

對青年來說，現在自己只須等待綵燈會的到來，當天與留信的神祕人見個面就好。

至於這會不會是個陷阱？對方會不會有什麼陰謀？

前魔教副教主趾高氣揚地表示：本大爺無所畏懼！

在絕對的實力面前，什麼陰謀陷阱也給他秒成渣渣！

於是在綵燈會前段雲飛心情放鬆得不得了，該幹什麼就幹什麼，白天到處閒逛熟悉地形，晚上帶著玄天門門主去打家劫舍……不，是劫富濟貧才對。

與青年的悠閒相反，玄天門等人與林靖都忙著幫忙打聽城內各勢力、當天綵燈會的活動安排，以及各路線與攤位的分布，充分表現出什麼叫「皇帝不急，急死太監」。

雖然雲卓等人為了調查當年宛清茹的死亡眞相及段雲飛的事，每天都累得像頭狗，並沒有太多時間干涉方悅兒在維江城的行動，可是段雲飛每晚帶著少女去當俠盜一事，最後還是東窗事發了。

相較於林靖得知此事時只覺得好玩，甚至還躍躍欲試地想跟著一起去，雲卓等玄天門眾人知道方悅兒之所以這幾天精神不濟，竟是因為每晚出去做賊後，都氣得不行，立即氣沖沖地抓住兩個當事人開審了。

「悅兒，妳知道妳這樣做是不對的嗎？而且富貴人家家裡都有實力不低的護衛，妳闖進去要是出了意外怎麼辦？」素來對方悅兒溫和，甚至稱得上溺愛的雲卓，難得嚴厲地責備她。

貪玩不要緊，可是自家門主都要去當賊了，這絕對不能姑息！

在雲卓教訓方悅兒的同時，連瑾與寇秋則狠瞪著一副事不關己的段雲飛。平時方悅兒偶爾有些不著調，但也是個循規蹈矩的好孩子，現在突然去當賊，明明她又不缺錢，怎麼想都是被段雲飛帶壞的啊！

想到這裡，他們瞪人的目光變得更加銳利，恨不得用目光在段雲飛身上燒出洞來。要不是他們聯手也打不過對方，不然早動手圍毆這個教壞方悅兒的傢伙了。

然而現實很殘酷，可悲的是他們打不過段雲飛……所以只能在這裡乾瞪眼……

相較於寇秋他們要殺人般的凶狠態度，侍女四人組的手段則較柔和，泫然欲泣地以譴責目光看向段雲飛，試圖喚醒他的良知，讓他知道拐帶方悅兒這隻小白兔去做壞事是錯的！

然而這根本沒用，姑娘家的眼淚對段雲飛來說絲毫沒影響，他只似笑非笑地看著玄天門眾人，簡直就像在看猴戲，看得半夏她們都哭不出來了……

總覺得眞要哭出來的話，不但無法打動段雲飛分毫，她們還只會更加尷尬啊！

就在段雲飛與連瑾等人大眼瞪小眼的同時，方悅兒則反駁道：「可是、可是那些都是壞人啊！他們的錢財都是不義之財、魚肉百姓得來的。我們把這些錢還給百姓，並且讓壞人受到制裁，這不是很好嗎？何況即使碰上那些護衛高手也不要緊，阿飛會保護我呀！」

方悅兒一番話說得理所當然，雖然所作所爲於法不合，可是雲卓一時間卻無法反駁。

被方悅兒堵得說不出話也罷了，少女最後那番「阿飛會保護我」的話更深深刺激到了雲卓。

這兩人明明一開始相看兩厭、誰也不服誰，這才多久的時間，怎麼就成了一起同流合污的小伙伴了呢!?

想來想去，雲卓還是覺得方悅兒的膽子是在白梅山莊時才變大的。早知如此，當時得知段雲飛帶著她一起去夜探山莊時，他們就該嚴厲地告誡方悅兒，而不是把事情輕輕放下就算了。

當時他們只覺得那是小事，而且方悅兒也沒吃虧，還似乎玩得頗高興（？），於是段雲飛拐了自家門主去夜遊一事就那樣不了了之。

想不到方悅兒卻被段雲飛洗腦，行事變得愈發沒有顧忌！

雲卓護短得不得了，完全覺得千錯萬錯都不是自家門主的錯，是段雲飛教壞了原本乖巧的方悅兒。見少女固執己見的模樣，便與寇秋他們一起把譴責目光投放在段雲飛身上。

方悅兒那番話根本是在禍水向東流，段雲飛無奈地瞪了方悅兒一眼，換來少女得意的咧嘴一笑，方悅兒絕對是甩鍋甩得毫無負擔。

不見她短短幾句話，便把仇恨值全部轉移至段雲飛身上了嗎？

本門主堅決不揹鍋！

青年雖覺得無奈又好笑，但在答應帶方悅兒同行時，便已決定東窗事發時會一肩揹起責任。

何況對素來活得自我的段雲飛來說，他什麼時候怕過？玄天門眾人不滿歸不滿，可這些人打得過他嗎？

其實在與雲卓他們重逢時，段雲飛對彼此間的友誼能否持續下去並不抱持期待。少年時期的感情很真摯，同時卻也很脆弱。在成長過程中，人往往要做出各種轉變，而身處高位的人，很容易因為對權力的欲望，以及各種顧忌，而變得再也不是自己。

何況段雲飛還曾加入惡名昭彰的魔教，雖然在魔教覆滅後他因滅掉彭琛而洗白了自己，但在很多道貌岸然的老頑固眼中，這仍是無法洗清的污點。

然而段雲飛很慶幸，在重遇雲卓他們這些老朋友後，雖然彼此都有了各種變化，但本質卻從未變過。

青年很珍惜與堂主們之間的友誼沒錯，但即使如此，他在魔教無拘無束慣了，並不會因為雲卓他們的想法而改變行事作風。

尤其當段雲飛將方悅兒視為自己人後，更是幹壞事都有這丫頭的份，而且完全不覺得這樣做有什麼問題。

段雲飛的想法很簡單，也很霸氣——方悅兒這丫頭有什麼須要怕的嗎？天塌下來也有他們這些高個子撐著；方悅兒再無法無天又怎樣？只要她活得爽就好！

因此面對玄天門眾人的譴責，段雲飛比方悅兒更加不以爲然：「小悅兒說得不錯，我又不會讓她吃虧，你們那麼緊張幹嘛？何況我們習武之人什麼時候這麼循規蹈矩了？你們總殺過人吧？殺人的時候有去報官嗎？」

段雲飛一番話說得有理，正所謂「俠以武犯禁」，很多時候連官差都對江湖上的仇殺睜隻眼閉隻眼。

在江湖過的就是刀口舔血的日子，要說從沒犯過法……雲卓等人本身就或多或少都觸法過。

要責備段雲飛與方悅兒的做法不對，他們本身就站不住腳啊！

可是，他們乖巧可愛、軟綿綿的門主就要這麼一去不復返、變成女強盜了嗎!?

看出雲卓他們糾結的重點，段雲飛蠱惑道：「這丫頭就是過於乖巧啦，哪個孩子沒在外面惹事生非、需要家人來幫忙善後過的呢？」

雲卓等人不禁想像起方悅兒在外面闖了禍，紅著一雙杏眼、滿是信任地懇求他們幫忙善後的模樣……突然有些想試試看了……

自家門主太乖巧，弄得玄天門的強大背景對方悅兒好像沒什麼用處似的，雲卓等人也很想被少女依靠一下啊！

雲卓想到這裡忽然驚醒，連忙搖了搖頭想甩走這想法。

差點便被段雲飛說服了！

「可是我們又不缺錢，小悅兒沒有搶劫的必要，缺錢的人根本是你吧！可別拉小悅兒下水。」見老實的雲卓詞窮，能言善辯的連瑾立即補上，手上的紙扇很有氣勢地指向段雲飛。

「我們做的事，怎能與普通的搶劫相提並論呢？我們是在劫富濟貧，你怎麼可以敗壞我們的名聲!?」段雲飛一臉委屈地高呼：「我們大部分錢財也都還給了百姓，至於自己收下來的，不叫贓物，是戰利品！」

這下就連連瑾也不知該說什麼，頓時被段雲飛的無恥驚到了。

段雲飛還不罷休，續道：「既然你們這麼介意，不然我把ㄚ頭拿到的戰利品分給平民吧？」

明明是當事人、在甩鍋後興致勃勃剝著花生看好戲的方悅兒聞言，立即急了：「那可是我辛苦獲得的戰利品耶！誰要把它奪走，先從我的屍體上踩過去！」

段雲飛聞言嘴角一抽，很想回說搶劫時她全程都是被照顧著的，所有苦的累的都是他在做，這丫頭到底有什麼好辛苦的？幸好青年還記得現在自己與方悅兒同一陣線，滿肚子的吐槽這才忍住沒說出口。

雲卓他們寵方悅兒是眞的，敬重她也是眞的。方悅兒並不像外人所猜想的，在玄天門中只是個用來擺放、沒有實權的吉祥物。雖然她一向表現得眞的很符合「吉祥物」這身分……可實際上少女眞的擁有門主的權威。

當方悅兒認眞表達出意願時，即使是四大堂主也只能乖乖領命。

而現在，方悅兒認眞表達出她就是要當強盜……玄天門眾人再覺得不願意，也只能接受門主大人的決定。

他們就是不明白，玄天門又不是沒錢，方悅兒從沒缺過什麼，怎麼這孩子對劫富濟貧有這麼大的執著啊？

要是讓方悅兒聽到他們的心聲，她便會告訴他們重點不是錢，而是打壓壞人的爽快感，以及救助貧苦百姓的滿足感！

看出玄天門眾人內心鬆動，段雲飛勾起了嘴角，繼續遊說：「離綵燈會就只剩幾天時間，我們頂多再去玩幾天就要離開了。現在有我帶著她，讓她盡興一下不是很好嗎？」

段雲飛言下之意是，方悅兒已被他勾起了劫富濟貧的興致，要是無法讓她盡興，也不知這小姑娘會不會另外出什麼亂子，到時頭痛的還不是雲卓他們？

然而聽在雲卓他們耳裡，卻只專注於「現在有我帶著她」這句話。

是是是，我們都知道你能夠護住小悅兒了，你不用再次強調！

也許段雲飛自己沒察覺，可雲卓怎麼看都覺得他就像隻不停展示美麗羽毛的孔雀，拚命想要獲得母孔雀的注意，好獲得交配權……

不不不！絕對不行！

雲卓被自己的想像驚到，於是表示可以讓方悅兒繼續劫富濟貧，但她不能單獨與段雲飛一起去，他們不放心。

至於玄天門眾人不放心的到底是那些貪官家裡的護衛，還是什麼其他原因……誰知道呢？

於是維江城那些心中有鬼、戰戰兢兢擔心著被俠盜打劫的一眾貪官污吏，他們悲哀地發現俠盜的規模變大了。

從一開始的雌雄大盜變成一整個團隊，浩浩蕩蕩地殺進，搜括財物與綁人的效率快上不只一個層級！

俠盜的殺傷力變得更大，不少貪官污吏這段時間都過得很低調，但仍免不了受到俠盜正義（？）的制裁。

維江城經過這群俠盜的洗劫後，一眾百姓都拍手稱快，覺得城裡的空氣都變得清新了不少。

而這些俠盜們將貪官污吏洗劫得差不多後，便在綵燈會開始後銷聲匿跡。不少人爲這些俠盜立下長生碑，這些人成爲了維江城的傳說。

❀

方悅兒並不在意他們劫富濟貧的舉動會讓多少人記恨著，又有多少人會感恩他們的好。對她來說，這些都是自己興之所至、偶一爲之的事罷了。做了好事她當然高興，但也沒太放在心上。

何況現在還有更重要的事佔據了她的心神。

畢竟等了這些天，終於來到綵燈會舉行的日子！

綵燈會的來臨，以及方悅兒等人停止搶劫的行動，讓這幾天維江城討論得沸沸揚揚的俠盜事蹟，也終於被綵燈會所取代。

中秋綵燈會作爲一年一度的盛事，非常受維江城人民重視，何況這一天也是外地遊客前來消費觀光的巔峰時期。一眾本地人忙著賺錢，也就沒有那麼多心情來八卦了。

畢竟俠盜的事蹟再有趣，對一般百姓來說，又怎比得上金燦燦且將會落入自己錢袋的銀兩更加可愛實在呢？

雖然綵燈會只在中秋節這天舉辦，可是早在多天以前，居民便已陸續進行各種準備工作了。方悅兒等人也有幸看到綵燈會的各種設施與裝飾的準備過程，是如何一點一滴被完成的。

當初離開白梅山莊時，方悅兒之所以堅持與段雲飛一起前往維江城，除了擔心對方的安危，也是想要見識一下遠近馳名的維江城綵燈會。少女看著已布置得盡善盡美的綵燈會會場，忍不住感到興奮，並對晚上的活動充滿期待。

維江城的綵燈會廣獲多方好評，讓不少外地人慕名遠道而來不是沒有道理的。即使還未到晚上點燈的時刻，可光看會場的各種布置，便已能預想入夜後會場到底有多盛大漂亮了。

而方悅兒等人也的確沒有失望，即使前段時間已親眼看到綵燈會的準備過程，可是在各式花燈被點亮後，方悅兒這才驚覺綵燈會遠比自己想像中的絢麗許多！

當花燈被點亮後，整座維江城都變得五光十色起來。最妙的是，維江城內分布眾多小河，河水映著岸邊燦爛奪目的花燈，看起來就像流動著光芒的河流，夢幻而不真實。

維江城居民早已等待著中秋這一天，綵燈會上有各式各樣的攤販，大街變得非常熱鬧。逛燈會的民眾也會在這一天特意打扮一番，漂漂亮亮地拿著花燈走上大街。無論是人們，還是各種耀眼的花燈都是綵燈會中美麗的風景。

除了熱熱鬧鬧的各種攤販，城內各處還安排了各式各樣的娛樂活動，四處盡是人們高興的談笑與歡呼聲。

因爲綵燈會人多擁擠，方悅兒爲免打扮太顯眼成了市井之徒眼中的肥羊、多生事端，因此晚上出門時並未佩戴任何閃眼亮麗的飾物，尤其她最喜歡的各種五光十色的斑斕寶石都被收了起來。然而這不代表她今晚所用的首飾並不昂貴，更完全稱不上樸素。

這次方悅兒的打扮依舊講究，白芍的手很巧，編出來的髮型非常俏麗可愛。最引人注目的，是插在以麻花辮束成的髮髻上，那隻用銀絲纏繞而成、配以粉色珍珠點綴的蝴蝶髮簪，簪子上的蝴蝶會隨方悅兒的一舉一動抖動翅膀，彷彿活起來般地振翅欲飛。

在普通人眼中，方悅兒的穿著是說不出來地好看，卻不知那支蝴蝶髮簪是一名已故老師父的獨門手藝。這支髮簪在貴族仕女的圈子絕對能賣出天價，而且還是就算有錢也買不到的那種。

更別說方悅兒那身看起來特別飄逸鮮艷的布料到底有多珍貴，以及繡花的手工有多驚世駭俗了。

總而言之，方悅兒這身行頭在不識貨的人眼中，雖然能讓人眼睛一亮地移不開視線，卻看不出任何奢華的派頭。

就連四名侍女也特意打扮了番，不難預料主僕五人一站出去，到底會有多吸引人眼球了！

畢竟中秋的綵燈會在年輕男女眼中，根本就是一場大型的相親場合啊！

即使是平常足不出戶的大小姐，都會趁此節日外出逛逛，因此不少青年才俊都會選在這天結識佳人，說不定便是一段金玉良緣呢！

當眾人看到與平常不同裝扮、卻依舊亮麗可人的方悅兒時，一眾男子各懷抱著不同感想。

林靖是有些看熱鬧的心態，反正有玄天門眾人看著也出不了大亂子，他倒有些想看看方悅兒驚艷全場時，雲卓等人焦急的模樣了。

至於一眾堂主則是既欣慰自家小妹出落得如此漂亮，卻又有些擔心她會被人唐突。他們已暗暗下決定，等等逛燈會時一定要好好護著方悅兒，絕不讓任何登徒浪子有機可乘！

至於段雲飛……他此刻的心情就有些複雜了。

青年剛剛看到方悅兒的裝扮，便覺得眼前一亮。他一直知道這姑娘長得不錯，然而改變了平時裝扮的少女充滿了新鮮感，再加上雲來客棧的大廳掛滿了花燈應景，方悅兒俏生生地站在花燈下，在燈火襯托下的模樣更是讓他驚艷。

然而在驚艷後，段雲飛卻又生出一種這麼美麗的事物很快就要暴露於人前，還會被一群登徒浪子覬覦的不悅。

眞不想讓人看到丫頭這麼漂亮的模樣……

這種鬱悶的心情突如其來，段雲飛本人也被嚇了一跳。

他連忙調整好心態，心想自己又不是方悅兒的什麼人，剛剛怎會生出這麼霸道的心思？

雖然覺得剛才產生的獨佔欲並不恰當，可是段雲飛還是決定等等逛燈會時要好好保護方悅兒，絕不讓那些登徒浪子有機可乘！

至於為什麼要這樣做……畢竟他與雲卓等人是好友嘛，那麼幫忙照顧一下他們家的門主大人也是很合理的！

段雲飛在心裡愉快地決定了！

七、中秋燈會

自從踏上尋找段雲飛的旅途後，方悅兒去過很多地方遊玩，也參與過不少地方舉辦的活動，然而卻沒有任何一個能比得上維江城中秋綵燈會的盛大。

方悅兒興奮地走在大街上，看起來就像隻歡快的小鳥。眾人也被她的快樂感染，連瑾看到來往路人手中都拿著花燈，便笑問：「小悅兒，妳要買一個花燈拿著嗎？」

方悅兒揚起下巴，一臉傲嬌地說道：「才不要花錢買呢！我在等著你們給我把漂亮的花燈贏回來啊！」

綵燈會有形形色色的活動，大部分活動的獎品就是漂亮的花燈。方悅兒相信以眾人的能耐，贏得花燈絕對是輕而易舉的事！

而方悅兒這種想法也沒有錯，的確，對雲卓等這些要文采有文采、要武功有武功的優秀青年來說，要為自家門主大人贏取一盞美麗的花燈確實是一點壓力都沒有。

然而外人的確是拿他們無可奈何沒錯，同伴中卻有人暗暗想著要力壓他們一頭。

段雲飛心想，既然剛剛方悅兒都開口要求了，那他就免為其難地為她奪來最漂亮的那盞花燈吧！

至於為什麼要最漂亮的那盞？

段雲飛高傲地表示：要做就要做最好的！

身為團隊中的男性，林靖卻沒有段雲飛這麼大的進取心。以他對段雲飛的了解，已經可以預想到綵燈會最為漂亮的花燈最終會由段雲飛贏取，並落入方悅兒的手中了。

畢竟這幾天搜集資料時，段雲飛可沒少在綵燈會的獎品名單與活動內容上做手腳啊……林靖覺得有趣，還幫忙段雲飛一起瞞著雲卓他們。

原本林靖並不打算來湊這個熱鬧，不過想到雲卓他們贏取的花燈應該會轉贈給四名侍女，數一數侍女的人數，為免其中一名侍女會陷入沒花燈可拿的窘境，林靖還是決定也贏一盞花燈回來好了。

雖然林靖看得出半夏等人並不能以尋常侍女來看待，這四胞胎無論相貌、才情與武功都很出色，言行舉止也流露著優雅。她們不僅不像侍奉人的侍女，反而更像有著良好出身的千金小姐。

即使沒有林靖，絕對還有不少青年才俊哭喊著要送她們花燈。甚至憑侍女四人本身的能力，看中哪盞花燈都能輕易贏回來。

不過作爲同伴，林靖畢竟是不能看著人家小姑娘親自動手，反正對他來說也是舉手之勞。

此時方悅兒並不知道因爲自己的一句話，身邊的青年都開始摩拳擦掌地想著贏取花燈了。

少女更沒有在意在她興高采烈地遊玩的同時，他們一行人已成爲綵燈會一道亮麗的風景。

方悅兒一行人男的俊女的俏，所有人的氣質更是一等一地好，想不引人注意也難。偏偏方悅兒與四名侍女都被雲卓他們護著，一些青年才俊想上前結識佳人卻無法突破他們的阻撓。

最恐怖的是，這些人根本連雲卓他們怎麼出手的也看不到，徒自納悶不知爲何怎麼走就是接近不了這些姑娘……

眞是太邪門了！

其實眞相遠沒有他們所想像般恐怖，每有想要結識方悅兒她們的人接近，雲卓等人便會用內力阻擋，只是使的勁力很巧妙，並不會傷人，就只是阻撓著這些人靠近。然而這「溫柔」的舉動卻把那些人嚇得半死，以爲自己遇上鬼打牆了！

當然除了方悅兒與侍女們，雲卓他們的「美貌」也惹來眾多姑娘的垂涎。其中以最爲英俊挺拔的段雲飛，以及俊美秀雅的連瑾最受歡迎。

尤其連瑾，想要親近他的不只女生，還有被他雌雄莫辨的美貌所迷倒的一眾青年……

那些把主意打在連瑾身上、以渴望眼神盯著他看的男子，眾人下手時就沒那麼溫柔了，直接用內勁把人翻個大大的筋斗，撞傷弄瘀還是其次，在人群中大大地丟臉才是重點。見方悅兒等人這麼邪門，那些人再怎麼垂涎也不敢再打擾他們了，倒是省卻了一行人不少麻煩。

至於那些閨閣女子相較之下較含蓄矜持，再怎麼犯花痴也只是以愛慕的眼神眨也不眨地凝望雲卓等人，倒沒有爲他們帶來太大困擾。可惜神女有心襄王無夢，雲卓他們對這些熾熱的眼神卻是視而不見。

眾人逛了一路，先前留信相約段雲飛在綵燈會見面的神祕人卻仍未出現。段雲飛自覺他們一行人如此高調，那人斷不會看不見才對。對方至今一直不現身，也不知在等待怎樣的時機。不過他卻是無所畏懼，敵人愈是難纏，愈能引起他的戰意。

至於玄天門眾人則對自家門主兩手空空的情況感到很大的壓力。既心急著要為少女贏取花燈，卻又對很多花燈款式看不上眼，認為配不上他們漂亮可愛的門主大人。

幸好綵燈會的規模非常盛大，大部分活動都以花燈為獎品。雖然雲卓他們挑剔了些，但方悅兒的雙手並沒有空太久，很快便獲得一盞漂亮的花燈了。

隨即少女獲得的花燈愈來愈多，除了三位堂主，林靖也送了她一盞。方悅兒把多出來的花燈分給了侍女們，自己則挑了最喜歡的一盞金魚花燈親自拿著。

少女見段雲飛一直沒什麼表示，看了看還未有花燈拿的香櫞，便狠狠瞪了他一眼，隨即一副大姊頭的模樣拍了拍香櫞的肩膀，道：「沒關係，我給香櫞妳贏取一盞花燈回來！」

雖然方悅兒話是這麼說，只是少女邊說卻邊頻頻偷看段雲飛的模樣，顯然還是希望段青年能出手爲她贏得花燈。雖然雲卓他們都送了花燈，可是方悅兒不知爲何就是想要段雲飛送的。

……也許是因爲物以稀爲貴？

方悅兒的舉動那麼明顯，偏偏段雲飛卻視若無睹。這讓少女有些生氣了，賭氣地朝一個猜燈謎的攤位走去。

她就不信滿棚子的燈謎，自己就贏不到一盞花燈回來！

方悅兒很有氣勢地「登登登」走了數步，前進的步伐卻倏地一頓，原來是段雲飛拉住了她的手，道：「丫頭，妳走錯方向了。」

方悅兒不高興地抿起了嘴，偏偏嘴角的酒窩因抿嘴的動作顯露了出來，大大削減了她瞪視的威力，整個人反而還像頭炸毛的小動物般非常可愛。

「我沒有走錯方向，我要猜對燈謎給香櫞贏回花燈！」方悅兒掙扎著要把手抽出，偏偏就連站得最遠的寇秋也看出少女的掙扎根本就沒使多大的力氣，完全不像眞心想掙脫段雲飛的樣子，反倒像在撒嬌鬧脾氣。

段雲飛完全不理會方悅兒裝模作樣的掙扎，拉著少女就往另一方向走。

方悅兒邊被對方拖著走，邊問：「去哪？」

段雲飛哼笑道：「妳不是想要花燈嗎？他們送的花燈醜斃了，我實在看不過去，就勉爲其難幫妳贏一盞回來吧。剛剛我看過了，還是那邊花燈的款式比較看得上眼。」

方悅兒聽到段雲飛的話，高興地勾起嘴角，隨即又硬是壓下，裝出毫不在意的模樣，口是心非地說道：「現在只有香櫞沒有花燈啦，所以你送也是送給香櫞吧？」

段雲飛淡然回答：「妳可以將妳手上的金魚花燈給她。」頓了頓，青年補充：「我只送給妳，妳不要就算了。」

方悅兒終於忍不住笑彎了眉眼，顯然被對方一番話取悅了，然而嘴巴卻不饒人：「要！段大魔王送的，說不定還能辟邪呢！怎麼不要？」

玄天門眾人目瞪口呆地看著自家門主就這樣被段雲飛拉走，過了兩秒雲卓率先反應過來：「手手手！你們的手！」

段雲飛那傢伙，竟然當著他們的面牽著方悅兒的手！

眞是反了天了！

林靖看著慌慌張張追上去的玄天門眾人，一臉興味地摸了摸下巴，喃喃自語道：「明明現在已是秋天，怎麼我有種春天到了的感覺？」

❀

段雲飛牽著方悅兒來到河畔，這是維江城中最大的一條支流，同時也將舉辦綵燈會中最爲盛大的節目——搶花燈。

河流中搭起了一座足有十層樓高的巨大竹棚，上面掛滿各式各樣的花燈。這些花燈明顯以不同等級區分，掛在愈上層的製作愈是精美。而花燈的數量也隨著掛的高度變化，愈往上數量愈少，直至竹棚最上層就只有一盞花燈，這花燈也是整座竹棚，甚至也是全場綵燈會中最精緻漂亮的一盞。

在搶花燈活動中，參與活動的人並不須要做些什麼來贏取花燈，想要哪盞直接爬上去拿就好。

然而前提是，要有把花燈拿走的能力。

首先這竹棚搭建在河中，好處是即使攀到高處不慎掉落河中也不致命，不過卻嚇退了不少不懂游泳的旱鴨子。

其次，竹棚足有十層樓高，並不是誰都有體力與膽量爬上如此高的高度。而且第五層開始便有大會派的工作人員看守，這些工作人員會把所有爬上來的參加者用竹棒打落河裡。

參加者不但要防備這些工作人員，同樣也要小心其他參加者的襲擊，因爲只要還身處竹棚上，人們便能搶奪其他競爭者手中的花燈。因此不少人停留在中下層，等著其他人到上層取下花燈後再搶奪。

搶花燈可謂綵燈會最受歡迎的活動，人們即使不參與也會駐足觀看、湊個熱鬧。當地有個傳說，只要搶到最上層的花燈送給意中人，要是對方願意收下，那麼這對情侶往後必定幸福美滿。

姑且不論傳說的眞實性，但這已足夠讓人們對那盞最上層的花燈趨之若鶩，參與綵燈會的人們都以奪得那花燈爲榮。

段雲飛先前有對綵燈會做一些調查，因此知道搶花燈的活動。他想著等待神祕人現身前自己也沒什麼事要忙，倒不如搶下那盞花燈來打發一下時間。

而且不知出於何種心態，段雲飛把這消息隱而不說，因此雲卓等人並不知道有這盞全場最美花燈的存在。不然他們也就不會一路走來方悅兒想要哪盞便贏取哪盞，而是跟自己搶著衝向那最華美的花燈了。

至於搶來打發時間就罷了，爲什麼要把那花燈送給方悅兒？

段雲飛表示他對花燈沒什麼愛好，留在手上也沒有什麼用處，就用來逗逗小姑娘，絕不是特意要送給方悅兒的！

少女被段雲飛帶到搶花燈的竹棚前，仰首往上望。雖然方悅兒內力不濟，但終究是個習武之人，耳目比普通人聰敏，即使竹棚足有十層樓高，少女還是能看清楚掛在上面的所有花燈。

當方悅兒看到那盞被高高掛在最頂端的花燈時，目光都黏在上面移不開了。那花燈既然被大會選中放在竹棚頂端，自然無論手工、用料都是最好的。然而這並非是方悅兒如此喜愛它的原因，而是那花燈的造型還是一隻活靈活現的松鼠，這完全戳中了方悅兒的心！

花燈造型精美無比，紙紮的松鼠下方還有幾朵用鮮艷布料製成的布花點綴。無論是松鼠可愛的模樣，還是花朵亮麗的色調都非常符合方悅兒的審美觀。就連少女肩膀上的麥冬看到那盞花燈時也興奮地上下跳躍了幾下，吱吱示意段雲飛快點把它取下來。

方悅兒被麥冬的動作驚得回神，立即醒悟到段雲飛是在場最有能力把花燈奪到手的人，於是依依不捨地把視線從松鼠花燈上移開，改用亮晶晶的眼神期待又懇求地凝望著段雲飛。

被方悅兒濕漉漉的小眼神凝望著，段雲飛只覺心頭癢癢的，這種感覺與他想戳少女酒窩時的感覺有些類似，讓他心癢難耐。

「別這樣看我。」看到少女因自己的話困惑地眨了眨眼，段雲飛擺出一副不屑的模樣，恨鐵不成鋼地說道：「妳好歹也是玄天門的門主，只不過是一盞花燈，妳至於嗎？」

說罷，段雲飛不待方悅兒回答，便使出輕功嗖地往竹棚掠出。

方悅兒見狀，滿臉疑惑地歪了歪頭。怎麼剛剛段雲飛好像有些……落荒而逃的感覺？

要不是她的感覺素來敏銳，知道段雲飛並沒有惡意，不然她都以為他對自己有什麼不滿了。

最近段雲飛好像特別彆扭？以前明明都走高冷路線的啊！

前魔教副教主原來是個傲嬌，這樣好嗎!?

❀

當雲卓他們趕到時，正好看到段雲飛朝竹棚一躍而上的矯捷身姿，以及方悅兒與麥冬用亮晶晶的眼神凝望著他的模樣。

不妙！段雲飛這傢伙竟然抓住了機會向悅兒大獻殷勤！

眾人往竹棚看去，立即發現掛在最上層的松鼠花燈。那花燈光是看一眼便把他們剛剛送的比成了渣渣，原來綵燈會有這麼漂亮的花燈當獎品，怎麼他們竟完全不知道!?

林靖這路人甲（？）就不說了，連玄天門眾人也被蒙在鼓裡的事情，就只有段雲飛一人清楚，這到底是出自誰的手筆根本不用猜了。

我們不是朋友嗎？阿飛你竟然是這樣的阿飛！

堂主們都覺得不好了，爲什麼以前他們會覺得那傢伙性子高傲得很、完全不屑於陰謀詭計呢？現在他們家的門主都快要被拐走了！

見三位堂主神色變來變去，侍女們彼此互望了一眼都覺得有些莫名所以，其中性格最活潑的山梔忍不住詢問：「其實段公子雖曾是魔教中人，但他現在已與魔教沒有牽連了，當年也沒做過傷天害理的事。何況他與堂主你們是好友，人品自然不會差。武功高、長相英俊，要是門主喜歡，我看他們也很相配啊！」

雲卓聞言只嘆息了聲，卻不發一言。

寇秋則有些焦慮地辯解：「我們不是對段大哥有什麼意見，只是他……」說到這裡，少年像有什麼顧忌般把話止住了。

連瑾拍了拍寇秋的頭，隨即斂起笑容，總是一臉笑咪咪、被方悅兒戲稱為「狐狸」的他，難得露出嚴肅的神情，道：「段兄是很好沒錯，只是他與小悅兒……不適合。」

眾侍女雖然覺得段雲飛與自家門主很相配，不過看到堂主們的反應，她們也猜出應是有什麼難言之隱，便不再繼續這話題了。

此時掠上竹棚的段雲飛已迅速來到第五層，遇上負責將挑戰者打下水的工作人員。這些人全都有著武功底子，為了視覺效果，並讓民眾能輕易分辨出工作人員與挑戰者，大會安排的工作人員全都戴著各式各樣的面具。

負責防守在竹棚上的工作人員有十二人，全戴著十二生肖的動物面具。首先對上段雲飛的是戴著猴子面具的人，他拿著一根竹棒試圖將段雲飛擊落水，手中竹棒被他舞得虎虎生威。

結果下一秒，他手中的竹棒卻被段雲飛輕易奪走，人反倒被青年追得上竄下跳，看起來還眞滿像隻在樹上撒野的潑猴，滑稽的模樣逗得一眾圍觀群眾哈哈大笑。

段雲飛視線掃到岸邊，見方悅兒也被逗得開懷，他微不可見地勾起了嘴角，隨即便將竹棒抛回給對方，沒有再為難完全不是自己對手的工作人員，繼續使出輕功向上掠去。

竹棚搭建在河中，因水流及眾人攀爬的動作而不時出現搖晃，大部分挑戰者在往上移動時都選擇較保險的做法，就是手腳並用地爬上去，像段雲飛這樣使出輕功的人不足一半，其中又以青年的動作最瀟灑好看。

岸邊不少圍觀者都不由自主地將視線投放到段雲飛身上，尤其那些懷春少女，視線更是黏在青年身上移不開來。

「天呀！太厲害了！」

「那位公子的武功實在太強了，而且他還長得這麼英俊。」

「似乎這次奪得最頂端那盞花燈的人，就是他了吧？」

「要是他願意把花燈送我，讓我短十年命也甘願。」

方悅兒聽著身邊少女們的對話，生氣地鼓起腮幫子，心想：妳們沒機會了，阿飛已經答應會把花燈送給我！

想到這裡，方悅兒更把手中的金魚花燈交給了香櫞，空出雙手好等段雲飛回岸邊時立即把他手中的花燈奪過來，一整個護食小動物的模樣。

也許因爲段雲飛太出鋒頭、惹人注目，除了大會安排的工作人員，有些看他不順眼的參加者也加入了阻撓行例，滿心想把這搶盡風頭的人打下水，讓岸邊姑娘們看看這人狼狽的模樣。

面對工作人員的攻擊，段雲飛的手段比較溫和，僅是避開攻擊，又或者奪走他們的武器而已。然而對那些莫名其妙跑出來阻礙他的參加者，他就沒那麼好脾氣了，來一人便打一人下去。

很快地，不少阻礙者即使有什麼小心思也不敢再去招惹青年，免得謀害不成，自己反倒失去參加資格，而且還出盡洋相。

對段雲飛來說，這些人的阻礙根本就不痛不癢，他們有沒有出手其實也沒差，這些小蝦米完全不被他放進眼裡。要不是爲了逗方悅兒開心，他也不會與那些人周旋那麼久。

至於方悅兒開不開心與他有什麼關係？

段雲飛表示反正都上去了，也不差逗逗小姑娘，哪有這麼多爲什麼！

八、再次交手

段雲飛見那些參加者都被打怕，不敢再來找自己麻煩，便完全無視這些人了。而那些原本想要攻擊，但看到其他人的下場後及時止住攻勢的人，段雲飛也沒什麼報復回去的心思，繼續使出輕功往上層前進。

段雲飛那完全把其他參加者視爲螻蟻的表現，不但沒讓人反感，還讓一眾圍觀姑娘們在心裡尖叫著「好帥！」，都在心裡祈望最好繼續有不知死活的參加者去挑釁一下青年，好讓她們再多欣賞對方退敵的英姿。

可惜那些參加者也不是傻子，看到段雲飛乾脆俐落地把幾個挑釁的人打下水後，他們自知不敵，又怎會再去找虐？

於是段雲飛的阻礙便只剩下那些大會安排的工作人員，這些人因爲工作而不得不上前阻擋他的去路，不過段雲飛對他們還算友善，這些工作人員倒是沒像其他參加者那樣怕他，也敢於上前阻擋這位挑戰者。反正大不了是被段雲飛奪去「武器」而已，因此戴著面具的工作人員依舊前仆後繼地上前阻攔。

工作人員的英勇表現，讓心裡嗷嗷叫著讓段雲飛多受些阻礙，以能多看看他對敵英姿的人們不至失望。

段雲飛保持著「遇神殺神、遇佛殺佛」的氣勢，很快便來到了竹棚最上層。眼見青年擊退了最後一名工作人員，伸手便要拿取掛在竹棚頂端的松鼠花燈，結果一個戴著面具的人卻倏地出現，將松鼠花燈擋在自己身後。

「咦！這人戴著老虎面具，老虎不是在下層嗎？」

「等等，老虎還在下面啊，與下層那個黃衣男子對打的那個！」

「怎麼會有兩個老虎？」

人群中響起熱烈的討論聲，很快便有眼尖的民眾指出：「上層那個不是老虎，是貓！仔細看看面具上的花紋，並不是老虎的王字紋！」

聽到這人的話，人群沉默半晌，隨即哄然大笑起來。

「竟然是貓！我就說老虎什麼時候有了分身術呢。」

「大會竟然安排一隻貓混入十二生肖裡面，這想法真是太有創意了！」

然而綵燈會的工作人員卻知道守護花燈的人只有十二名，所戴的面具也只有生肖動物，這個戴著貓面具的人絕不是他們安排的。

然而看到人們反應這麼熱烈，他們想了想也就順其自然、沒去澄清這件事。

一開始方悅兒也像其他人一樣，以為戴著貓面具的人是大會安排的工作人員，然而那人與段雲飛對打起來後，少女的神情不禁變得嚴肅起來。

「事情不對！那個人竟能與段公子打成平手，他不是工作人員！」林靖說罷便想上前幫忙，此時一群戴著面具的人卻不知何時已聚集在他們身邊。這些人看到段雲飛與貓面具的人交上手以後，立即不約而同地向雲卓他們動起手來，讓眾人無法對段雲飛施以援手。

附近民眾看到雲卓等人突然打了起來，驚叫後連忙往外退開，然而當看到雙方人馬打歸打，卻沒有波及到附近的人，便很快冷靜下來，並沒有出現人踩人的混亂狀況。

甚至一些不明就裡的人，看到那群戴面具的人還誤以為這是大會安排的表演活動，興致勃勃地為雙方吶喊助威，弄得方悅兒等人哭笑不得。

雲卓等人武功高強，那些突然出現的敵人並不是他們的對手，於是侍女四人便護在方悅兒身邊而沒有加入戰局。照理憑著眾堂主與林靖高強的武功，無論這些戴著面具的人是什麼身分，也能很快擊退他們才對，然而這些人卻出乎意料地難纏。

雖然嚴格來說敵人的武功確實離林靖他們還有一段很大的距離，但是他們配合得宜且目的明確，只是在阻止眾人前往竹棚相助段雲飛，並不與雲卓等人死戰。

這些戴面具的人所使的輕功十分特別，身法猶如鬼魅般飄忽不定，難以掌握到他們移動的軌跡。眾人之中就只有輕功最強的連瑾能勉強追上他們的腳步。

每次他們只要稍有不敵，便會立即使用輕功左閃右避，然而當雲卓等人一有往竹棚前進的舉動，這些人又會一哄而上糾纏著他們。

實在神煩！

明明敵方的武力值不足，可偏偏還是被拖住了手腳，雲卓等人被打擾得煩不勝煩，卻又拿他們無可奈何。

此時段雲飛正與那名戴著貓面具的男子打得難分難解，兩人都沒有動用武器，皆以掌代劍攻擊，因此岸邊看熱鬧的民眾完全沒察覺出任何不妥。

這些普通百姓並不知道，以這兩人的功力，即使沒有動用利器，戰鬥的凶險程度卻絕對不低，每一擊都足以致命！

感受到從敵人攻擊中傳來的熟悉內力，段雲飛冷笑著揶揄：「果然是你！兩次見面都是藏頭露尾，是沒臉見人嗎？」

那人輕笑了聲，聲音一如先前在白梅山莊時所聽到的年輕。不過段雲飛相信這人既然兩次見面都遮掩了容貌，那麼必定不希望讓人認出自己的身分。既然如此，現在他的聲音很大可能是經過改變，並非原本說話的聲音。

不過看他脖子與雙手的肌膚，目測這人應該是個年輕人沒錯。

剛剛段雲飛之所以會說出這樣的話，是因爲二人交手不久，他便察覺到對方所使的正是魔教的烈陽神功。

他們不久前與風樓主會面時的推論，得知烈陽神功並非只有前魔教教主彭琛一人修練，蘇志強也很有可能暗暗練著魔功，而他與方悅兒在白梅山莊書房所遇見的蒙面人也一樣。

即使烈陽神功的修練者並不如眾人所想的有著唯一性，可也不是滿街都是。段雲飛本就懷疑書房中的蒙面人正是留信給自己的人，現在對方所使的功法正是烈陽神功，就更加確定自己的猜測是對的——他們根本就是同一人！

男子並沒有否認段雲飛的話，他躲過段雲飛迎面而來的一掌後退了開來，並率先停手。只聽他說道：「我是很有誠意與段少俠結盟的，我們有著同樣的敵人，而且我還知道段少俠你要尋找的東西到底在何處，希望我們可以心平氣和地好好談一談。」

段雲飛也順勢收手，只是卻沒有放鬆警戒，狀似不在乎地挑了挑眉：「哦？那你說說看。」

神祕男子並沒有在意段雲飛高傲的態度，誠懇地說道：「當年闖進林家傷人的，正是蘇家家主蘇志強。我與蘇志強有著不共戴天之仇，要是我們聯手，區區蘇家何足掛齒？」

段雲飛冷笑道：「與我聯手？你這個修練魔功的人也配？」

男子嘆息道：「我之所以修練烈陽神功只是情勢所逼、爲了獲得報仇的力量，我對這功法的憎厭並不比你少。只要能覆滅蘇家，我自會散掉身上的功法，讓魔功從此在世上消失。」

然而段雲飛顯然不相信對方的話，烈陽神功可說是除了泫冰心法，武林中最爲強大的功法了。這人既然已經練成魔功，又怎會捨得散掉？

就連野心勃勃、與蘇志強合謀要對付林家的梅莊主，不也因捨不得身上原本的功力，而沒散掉原本心法去練魔功——雖然段雲飛不確定藏在書房那本遊記是不是烈陽神功就是了。

「你這麼說眞有趣，我與蘇志強無仇無怨的，你只怕找錯人了吧？即使當年闖入林家殺人的眞是蘇志強，你要找人聯手也應該要找林家人，找我幹嘛？」

男子嘆了口氣，道：「我既然能查出當年的事，自然也知道你的身世。」

段雲飛聞言眼神頓時變得凌厲，有一瞬間男子還以爲他會忍不住出手。然而段雲飛很快便冷靜下來，冰冷的神情讓人摸不透他心裡在想著什麼。

男子看到段雲飛毫不動搖，接著遊說：「另外就像我在信中所說，我知道你要找的東西在哪裡，要是你與我合作……」

「你說的是眞的？你眞的知道？」段雲飛問。

男子連忙保證：「當然，我是很有誠意的，絕不騙你。」

「既然如此那就好。」段雲飛對男子露出了從方才打鬥開始，第一個既非屑笑、也不是冷笑，眞正意義上的笑容。

男子見狀認為段雲飛終於被自己說服，也在面具下回以一個對方看不見的微笑。然而才剛邁出步伐想要接近段雲飛，便立即被青年迎面而來的一掌擊退了回去。

段雲飛這一掌毫不留情，男子肩膀僅被掌風掃過就已結上一層寒霜。若非他反應快，只怕早被對方剛剛那一掌打得重傷了。

「段雲飛！你……」男子終於沒了耐性，然而他氣急敗壞的話還未說完，又再度面臨段雲飛的攻勢。幸好兩人身處竹棚上，可供閃避騰挪的地方非常多，這才在數次狼狽躲避下成功脫離對方攻擊。

男子退到與段雲飛能保持安全距離的地方後，這才鬆了口氣，隨即憤怒地指責道：「想不到你竟是這樣的人！假意答應我的結盟，卻趁我放鬆心神之際偷襲！」

段雲飛哼笑道：「我可沒有答應與你結盟。」

男子仔細一想，剛剛段雲飛聽到自己說知道那東西的下落時，神情雖稍有鬆動，卻還眞沒明確說出願意與他結盟的話，於是倒也不繼續抓著青年的突襲說項。

然而男子已察覺自己無法以利益說服對方，便改以威脅道：「那東西的下落，你不想要了嗎？」

段雲飛不屑地看了他一眼，道：「當然想。可是我只要抓住你，還怕逼問不出東西的下落？」

對段雲飛來說，與人合作最重要的並不是能獲得多少利益，而是與他合作的人到底可不可信。

同伴背後捅的刀子，往往比敵人下的手更加有殺傷力。

這人一直藏頭露尾不以真面目示人，顯然並不如他方才表現出的那般坦誠。對方絕對還有著其他布置，而段雲飛無法預料那些布置中有沒有任何對自己不利的地方。

段雲飛在與男子接觸時雖看似漫不經心，但其實一直在評估這人的誠信與價值。男子看似對段雲飛坦露不少資訊，可仔細一想，很多事段雲飛心中早有數，只是沒證據證明而已。

而很多關鍵的訊息，例如這男子的身分、他與蘇志強之間的關係與仇恨到底是什麼，這人卻搗得死死的沒讓段雲飛探知分毫。

因此無論男子表現得再友善誠懇，段雲飛也不會想與這麼一個不知底蘊的人合作。

反正就像青年剛剛說的，他沒有與男子合作的必要，只要把人抓住，總有辦法讓對方吐出他想知道的訊息。

男子也察覺出這次的遊說行動失敗了，他是個果斷的人，既然段雲飛不知好歹，他也不會因爲對方同是蘇志強的敵人而手下留情。

竹棚頂端的兩人再次打起來，而且這次的交手尤爲激烈。要不是他們顧忌竹棚的承受程度，現在這座竹棚就要散架了！

正所謂「內行人看門道，外行人看熱鬧」，此刻參加綵燈會的多是「外行人」，他們根本看不出對戰的凶險，只覺得兩人身姿瀟灑飄逸，非常好看。

簡單來說，這些平民都把段雲飛與面具男的對戰當猴戲看了。

同樣被人當猴戲看的還有方悅兒一行人，在段雲飛與男子交談時，那些阻擋雲卓等人前進的面具人也收起攻勢。只要雲卓他們不試圖插手段雲飛與那人的談話，那些戴面具的人便不會對他們出手。

雖然以戰鬥力來看，要是雙方繼續打下去，最終獲勝的必定是雲卓那一方。玄天門眾人與林靖之所以陪同段雲飛前往維江城，是怕青年獨自一人赴約會吃虧，說白了就是來爲段雲飛撐場面的，在段雲飛決定是否與神祕人合作前，他們並不會輕舉妄動。

雙方一度停止了戰鬥，直至看到竹棚上原本和平交談的兩人再度打起，而且一副不死不休的模樣，就知道談判破局了，既然如此，雲卓等人自然不會與這些人客氣。

一個字——打！

見手下們已呈現敗跡，與段雲飛打成平手的神祕男子心生退意，卻在撤退時把視線投放到被侍女們保護著的方悅兒身上。

當男子把視線直直投向方悅兒時，段雲飛的心跳頓時跳漏了一拍。他無法否認，素來天不怕地不怕的自己，這一刻是眞的感到害怕了！

他怕這個功力不遜於自己的神祕人會對方悅兒出手，怕少女會因自己的關係而受到任何傷害。

然而出乎段雲飛所想，男子並沒有向方悅兒出手，卻是看了少女一眼後，再將視線轉回他身上，露出意味深長的眼神。

隨即男子突然出手，襲向掛在身旁的松鼠燈籠！

烈陽神功可說是全天下至剛至陽的內功心法，松鼠燈籠本就在男子身旁，他出手又快如閃電，花燈沒有任何懸念地便被他掌風掃中。

男子這一掌顯然沒有盡全力，要是他有心，絕對能將花燈打得散架又或是瞬間燒成灰。然而掌風只在花燈旁掃過，使花燈一角燃燒了起來。

看到心心念念要送給方悅兒的禮物將被燒燬，段雲飛焦急地衝上前，竟伸手直接覆住花燈著火的地方。然而青年臉上除了焦慮卻沒有絲毫痛楚，彷彿完全不怕被火舌燒傷似的。

當段雲飛的手離開花燈時，火已熄滅，花燈雖被燒燬了一角，但至少保住了，不至於全毀。

而戴著貓面具的男子則趁段雲飛搶救花燈之際迅速逃離，那些與雲卓等人對戰的面具人看到自家首領成功逃脫，也往地面擲下一枚彈珠狀的東西，隨即一陣煙霧四散，那些人也趁此四散逃開。

在煙霧中，林靖向其中一名逃走的人擲出手中長劍，那人迅速反應過來、側身閃避。然而林靖似乎很熟悉這人的身法，隨手一擲卻是算好了對方閃避的角度，成功擊落敵人的面具，可惜煙霧太大，讓人看不清楚面具下的面容。

那些面具人很快便鳥獸散，他們從出場到離場的過程實在太戲劇性，雲卓等人此時還覺得有些懵，而那些誤以爲一切只是表演節目的民眾給予他們熱烈掌聲時，更是哭笑不得。

至於竹棚上的段雲飛則是欲哭無淚地看著手中被燒了一角的花燈，想再換過一盞，只是活動規定上竹棚的人只能取一盞花燈，而且其他花燈都不是松鼠造型……方悅兒先前是如此期待他把花燈取回去……

一時間，段雲飛對回到岸邊竟有些抗拒與退縮。

不爲別的，只是不想看到方悅兒失望的表情。

就在段雲飛在竹棚上猶豫不決之際，卻聽到岸邊少女高呼：「阿飛，你還在拖拉什麼？我的松鼠花燈呢？」

段雲飛朝岸邊看去，只見少女雙手放在嘴邊作喇叭狀，全不理會旁人對她指指點點，模樣率性又可愛。

按捺住再次幾乎不受控制、激烈跳動的胸口，段雲飛突然明白到爲什麼事情只要涉及方悅兒，自己便會這麼反常。

他大概、應該、可能……眞的栽了。

九、水燈許願

當段雲飛拿著松鼠花燈返回岸上時，臉色仍有些不好看。也不知是因爲讓那名戴著貓面具的男子成功逃脫，還是要送人的松鼠花燈被毀了一角。

雲卓他們原本還想迎上去與段雲飛討論那些面具人的事，只是青年的表情實在臭得不行，再加上現在眾目睽睽下也不是商談的好時機，於是眾人很聰明地沒有上前招惹他。反正段雲飛到底與那人聊了什麼，要是對方無意隱瞞，他們遲早會知道。

倒是方悅兒完全不怕段雲飛的低氣壓，上前攤開手便向對方索要禮物：「你答應把松鼠花燈送給我的。」

見少女一副不介意松鼠花燈受到損毀的模樣，而且還很高興地露出燦爛的笑容，兩個甜甜的酒窩隨之露出，段雲飛頓時覺得自己惡劣的心情被治癒了。

雖然方悅兒並沒有對壞了一角的松鼠花燈表露出任何厭棄，甚至還一副準備歡喜地拿著它來逛燈會的模樣，青年仍是覺得十分鬱悶。看著花燈一小角燒焦的痕跡，他怎麼看便覺得怎麼礙眼。

他本想給方悅兒最好的，怎料最終卻要送出一盞有瑕疵的花燈。雖然方悅兒並不介意，可是段雲飛這個送禮的人卻很在意！

花燈被燒燬一角後，段雲飛不是沒想過再去贏取別的花燈送給對方，可惜他只看得上這盞整個燈會中最美的花燈，要讓他退而求其次送其他花燈，也實在是難爲他了。

實在不想拿次一級的東西來搪塞對方，段雲飛一咬牙便還是將松鼠花燈遞給了方悅兒。少女雖沒有厭棄，但當段雲飛看著她喜孜孜地拿著花燈逛燈會時，卻又不高興了。

他喜歡的人，就值得最好的！

是的，喜歡。

爲了保住一盞沒用的松鼠花燈，而放過了知道那東西下落的敵人，要是在以前，段雲飛一定不會相信自己會這麼做。

可現在他卻做了這些傻事，而且甘之如飴。

段雲飛怎麼也想不到有一天會有一個小姑娘莫名其妙地出現在自己生命裡。她不但抓到了他的人，還抓住了他的心。

段雲飛的情商不高，對感情的反應一向慢半拍。在察覺到自己的心意後，他回想著之前與方悅兒相處的時光，這才驚覺即使自己沒有發現到對少女的喜歡，卻一直對她有著與他人不同的包容與耐心。

大概早在自己不自覺頻頻關照少女時，便已對她有好感了吧？

不然即使方悅兒是雲卓等人的主子和妹妹又怎樣？即使看在眾堂主的份上對方悅兒多加照顧，但他段雲飛什麼時候會為了別人而妥協？

就只有面對方悅兒時，段雲飛才會屢次改變自己的初衷。

對於自己喜歡上方悅兒一事，段雲飛雖然覺得意外，可一旦察覺後卻很坦率地接受了。畢竟方悅兒是個討人喜歡的姑娘，他喜歡對方又不是什麼見不得人的事。

就是送出去的「訂情信物」實在有些見不得人……

於是段雲飛來到方悅兒面前，很認真地提出：「丫頭，這個花燈不算數，就當我欠妳一份禮物，過幾天再補回給妳。」

第一份真正意義上的禮物，卻有著一些讓人無法忽略的小瑕疵，實在不能讓段雲飛滿意。然而先前已答應要送出花燈，也不好出爾反爾，那就再送其他禮物給對方吧！

不知少女是不是感覺到什麼，向來總是高高興興收下他人示好的方悅兒，少見地表現出羞澀的情緒，猶豫了半晌，並沒有立即應允下來。

段雲飛沒有催促，只是以一雙紅褚眼眸凝望著她，靜待少女的答覆。

段雲飛這雙紅褚眼眸在對敵時銳利得如鮮血般嚇人，然而方悅兒此刻被這雙眼瞳直直凝視，卻能從對方眼神中感受到莫大誠意。

青年看著自己的眼神柔和，紅褚色的眼眸在月光下猶如溫潤的琥珀，又像香醇的葡萄酒，方悅兒覺得自己好像有些醉了。

她只覺對方眼神就像有魔力般，被這深邃眸子凝望著，方悅兒最終緩緩點了點頭。

隨即，段雲飛露出一個沒有任何陰霾、燦爛的笑容。他這個送禮物的人，竟是比收禮物的她表現得更加高興。

看著段雲飛的笑容，方悅兒也不禁跟著笑了。

段雲飛戳了戳少女嘴角的酒窩，下定決心下次送的禮物一定要讓她驚艷。

見青年飛戳酒窩的動作，三位堂主臉都黑了，同時還隱隱帶著憂慮。他們故意上前到段雲飛身旁找他搭話，想將兩人隔開。

偏偏自家門主大人不合作，走著走著又再往段雲飛面前湊，就連麥冬也跑到段雲飛肩上。因爲麥冬的緣故，方悅兒便很自然地與段雲飛肩並肩一起走，害雲卓等人想硬是分開二人也沒辦法。

雲卓狠狠瞪了麥冬一眼，心想這小東西平常不是很機靈的嗎？

段雲飛則給麥冬充滿讚賞的一瞥，心想這絕對是神助攻！

段雲飛與神祕人的「約會」告一段落，林靖提出暫時與眾人分道揚鑣的打算：「剛剛在人群中看到很久不見的朋友，今晚就不與大家一起行動了。」

方悅兒聞言向青年揮了揮手：「好的，那就各自回客棧囉。你快些追上去吧！不然燈會人這麼多，你朋友走遠就不好找了。」

林靖笑著向眾人拱了拱手，便轉身走進人群裡。

看著林靖消失在人群中，連瑾詢問：「那我們繼續逛燈會嗎？」

燈會愈晚人愈多，方悅兒看著人擠人的各個攤位，不禁有些興致缺缺。雖然她很喜歡逛街、湊熱鬧，可最怕熱和辛苦了。先前活動剛開始人還不算太多，少女就已覺得身處人群中有些悶熱了，現在見到那人山人海的恐怖人潮，便萌生了退意。

寇秋見方悅兒似乎已經不想逛了，便提議：「不如我們找個清靜一點的地方好好賞月？」

這個提議立即受到門主大人的好評，於是侍女們陪同方悅兒先到河邊的一處草地上找個好位置，其他人則到各攤位買一些應節食品。

怕方悅兒等太久，因此段雲飛等人擠入人群時連輕功都用上了，也幸好他們有武功在身，不然人實在太多，大家都被擠得只能朝同個方向前進，在人群中穿梭絕對是件難事。

眾人在武林中都是排得上名號的，輕輕鬆鬆便竄了進去，遊走在各攤販間挑選著食物。

另一邊，方悅兒與侍女們來到河邊的一處草地上。這裡已聚集不少逛燈會逛得累了的人，人們各自聚成小團體，席地坐在草地上邊吃著應節食品邊賞月。

方悅兒選了一處景致不錯的地方，才剛坐下來休息不久，便見段雲飛拿著一個藤籃率先出現。

少女見狀瞪圓一雙杏眼，一臉無語地看著飛掠而來的段雲飛：「你一直用輕功跑到這裡來？」

要說他們利用輕功出入人群去買東西很正常，可是整個過程都用輕功狂奔……方悅兒只覺得這人在發神經。

然而對方很快便告訴她自己並不是有病，這樣做是大有深意。

只見青年席地坐在少女身旁，從藤籃中取出酒壺與酒杯。當酒壺被打開時，空氣中瞬間瀰漫著一股香甜的桂花味。段雲飛二話不說，把酒倒進酒杯後便開始喝了起來。

隨後過來的寇秋正好看到這一幕，立即生氣地大嚷：「段大哥，你又偷喝酒！」

段雲飛見寇秋氣呼呼地跑來，不但沒放下手中的酒，反而仰首將酒杯裡的桂花酒一飲而盡。

方悅兒與眾侍女：「……」

所以你剛剛像個神經病似地用輕功一路狂奔，就是爲了搶在寇秋出現前把酒喝掉嗎!?

當寇秋趕到時，段雲飛已喝光杯中的桂花酒。

少年平時脾氣很好，可是只要涉及病患的事便會特別嚴厲，一見段雲飛的行爲立即炸了：「段大哥，我不是釀了些帶有藥效又溫和、好喝的酒給你嗎？你想喝酒可以喝那些啊！」

從後頭趕至的雲卓與連瑾見狀也翻了個白眼，心想這人想喝酒不會躲起來喝嗎？這樣公然被寇秋看到，絕對是欠罵吧？

段雲飛拍了拍寇秋的頭，用哄孩子的語氣說道：「可是賞月又怎能不喝桂花酒呢？我也只是喝一小杯應應景，就別生氣啦！」

說罷，段雲飛親手為寇秋斟了杯酒，遞給他時邊笑道：「八月十五桂花香，難得大家一起過節，就喝一杯吧！」

寇秋雖然覺得段雲飛此舉不妥，可對方喝都喝下肚了，總不能要他吐出來。於是少年只得鬱悶地把酒喝下，而這桂花酒果然香醇，微甜的口感大大安撫了少年心裡的不滿。

安撫了寇秋後，段雲飛也倒了一杯酒給方悅兒：「這種酒不易醉人，要嚐嚐嗎？」

方悅兒接過酒杯，好奇地詢問：「阿飛不能喝酒嗎？為什麼？」

「也沒什麼。」段雲飛淡然回答：「身體不適合喝酒而已。」

「哦。」段雲飛說得敷衍，方悅兒應得更敷衍，只見少女神色如常地垂首喝著桂花酒，也不知道信了沒。

雲卓他們買了各種應節食物，月餅、柚子、菱角與栗子等，應有盡有，眾人坐在河畔賞月，對岸還能看到燈會熱鬧的模樣。

身處燈會時只覺各攤位活動與裝飾讓人目不暇給，然而從遠處再看過去時卻又是另一番風景。除了一片璀璨奪目，歌舞昇平的感覺更是自眾人心中悠然而生。

抬頭看著天上的明月，中秋節是人月皆團圓的日子，方悅兒覺得在這節日能與親朋好友相聚一起，像現在這樣在月色下高興地邊聊天邊吃著應節食物，比熱熱鬧鬧地玩一場更加重要。

此時，各種不同顏色的光點從遠處靠了過來，很快便吸引方悅兒的注意：「嗯？這是什麼？」

當光點愈靠愈近，少女這才看到這些五光十色的光點，原來是一盞盞蓮花造型的水燈。

「綵燈會還有放水燈的活動嗎？我怎麼不知道？」連瑾睜大一雙鳳目，眼光流轉下映著點點燈光。他本就長得俊美，此刻在燈火襯托下，就連早已習慣他美貌的方悅兒等人也不禁看呆了，連連大呼「妖孽」。

雲卓按住因連瑾不經意的勾人眼神而狂跳的心臟，心裡默唸「我們是兄弟、是好兄弟！」，待被驚艷到的情緒平復了以後，這才皺眉地看向段雲飛。

只見段雲飛正從藤籃裡取出兩盞蓮花水燈，一臉坦蕩地邀約方悅兒：「正好我剛剛買桂花酒時看到有攤販在賣水燈，就買了兩盞，要一起放嗎？」

青年說罷，也不待方悅兒回答，拿著水燈便舉步往河邊走。

少女早就看其他人放水燈看得十分眼饞，聞言雙目一亮，立即像隻被主人召喚的小動物，歡快地追著段雲飛去了。

看到有攤販在賣水燈？怎麼我們剛剛都沒看見？

這些花燈要不是沒有攤販在賣，要不便是在綵燈會開始不久就已經售罄了吧？

那兩盞花燈絕對是段雲飛自己準備的！

所以不只搶花燈，就連有放水燈活動一事也被段雲飛隱瞞了？

竟然耍這種小手段！

段雲飛你竟然是這樣的段雲飛！

看著走遠的一男一女——尤其是爲了一盞水燈便眼巴巴跟著人走的方悅兒，雲卓實在恨鐵不成鋼，生氣地狠狠咬了一口月餅洩忿：「他絕對是故意的！無論是竹棚的松鼠花燈，還是現在的水燈！」

連瑾倒是很冷靜，他不是不想反對段雲飛處心積慮地接近方悅兒，只是自知想反對也反對不了：「那又怎樣，你打得過段兄嗎？生氣有什麼用？」

一旁的寇秋猶豫地說道：「或許，我們可以與段大哥講道理？」

雲卓與連瑾一臉無言地看著寇秋。

竟然想對段雲飛那個高傲又任性的傢伙講道理，寇秋你眞是太天眞了！

寇秋被兩人看得壓力山大，不好意思地收回前言：「……好吧，我知道說道理根本不可能成功說服他……」

雲卓嘆息道：「要是這麼容易被人影響，他就不是段雲飛了。」

連瑾問：「你們覺得段兄是眞的……喜歡上小悅兒了嗎？」

雲卓道：「不然呢？還不夠明顯嗎？」

寇秋遲疑地詢問：「那門主大人……」

雲卓聞言，緊皺的眉頭鬆動了些：「悅兒也許對他有些好感，但應該還未生出男女之情。」

寇秋頓時鬆了口氣：「那就好，感情是兩人之間的事，只要門主大人沒有這種想法，段大哥再喜歡她也沒用。」

連瑾向寇秋投以一個「少年，你太年輕了」的眼神，道：「你覺得以段兄的性格，會讓自己的初戀可憐兮兮地無疾而終嗎？」

寇秋好奇地問：「你怎知道他是初戀？」

少年的話挑動了本已很不爽的雲卓的神經，素來老好人、面對方悅兒卻有時候會化身成「老媽子」的他，忿然甩了甩右邊衣袖。雲卓沒了右臂，可是空蕩蕩的右袖卻在激動之下甩出不輕的勁度：「他喜歡悅兒，我即使反對也能讚他一聲『好眼光』。可其他姑娘有我家門主這麼好嗎？不是初戀的話，難道他還喜歡上其他人？那位許家姑娘嗎？」

連瑾與寇秋完全不覺得雲卓的話不理智，相反地，同樣身爲妹控的他們還覺得這番話實在好有道理。寇秋連連點頭：「嗯嗯，門主大人最棒了，段大哥一定是初戀沒錯！」

連瑾則點評著許冷月這個假想情敵：「許姑娘是長得很美沒錯，只是那姑娘太傲、太矯情了，不是段兄喜歡的類型。」

寇秋頷首，卻又有些不安地道：「只是你們都看出來了吧？許姑娘對段大哥已經芳心暗許。」

雲卓與連瑾聞言皆皺起了眉，雖然他們因某些原因，不想讓段雲飛與方悅兒在一起，可是一想到原本喜歡上方悅兒的段雲飛，會輕易轉而喜歡上其他女子，他們的心裡便特別不爽。

半夏等四名侍女坐在他們旁邊，默默吃著水果並聽著三位堂主的討論，都不知該從哪裡吐槽才好。

她們很想說，既然堂主大人你們不滿意段雲飛，那讓許冷月把人搶過去不就皆大歡喜了嗎？

妹控的世界，她們實在不了解啊……

❀

此時，段雲飛與方悅兒已來到了河畔，河邊擠滿放水燈的人，兩人找了一會兒，才等來一個空位。

兩盞蓮花燈分別是一粉一藍，方悅兒雙目一轉，惡作劇地故意挑了藍色那盞，卻見段雲飛氣定神閒地取過剩下那盞粉紅色蓮花燈，便要將蠟燭裝上去。

「哎……阿飛，你這盞燈是粉紅色的……」

聽到方悅兒吶吶地說著，段雲飛心裡暗笑，臉上卻不動聲色，一臉理所當然地說道：「既然妳喜歡藍色，我就用粉紅色好了。」

方悅兒視線猝不及防地便與段雲飛對望，雖然對方這番話說得淡然，可是方悅兒卻臉上一紅，覺得自己被撩到了。

這傢伙眼中的寵溺與溫柔是怎麼一回事呀!?

是我看過去的方法不對嗎？

「呃……你不介意就好。」方悅兒略帶慌亂地移開了視線，也不知自己到底在慌張什麼，可就是不想再繼續直視青年。

段雲飛看著少女純情的反應，暗暗好笑，卻沒再繼續撩她了。偶爾逗一逗她、在她面前說些甜言蜜語來刷存在感是必須的，可是當方悅兒表現出不自在時還是見好就收。

反正總有一天，方悅兒會習慣被自己寵著、照顧著，再也不會因此而不自在。

我這麼出色，丫頭不喜歡我還可以喜歡誰呢？

明明自己也是初戀的段雲飛懷著謎之自信，將蠟燭裝上水燈後，看到方悅兒仍笨手笨腳地組裝著水燈，便細心教導她該如何把蠟燭裝好點上。

平常這種「粗活」都有侍女們代勞，對方悅兒來說，自己組裝水燈上的蠟燭是個新體驗。段雲飛並沒有爲了討好方悅兒把事情接過來做，少女對此也不介意，反而還對自己能親力親爲一事表露出莫大的熱情，很快便忘卻先前的不自在，很自然地與青年的距離愈靠愈近。

兩人弄好蠟燭後各自許願，接著把手中的水燈推了出去。只見兩盞散發柔和光芒的水燈在河流上漂蕩，不但沒有分開，反而還聚在一起在河中轉了一圈，看起來就像在跳舞。

看著一起漂走、看起來親密無間的水燈，方悅兒不知爲何又有些不自在了。

明明只是兩盞水燈呀！

「明年我們也一起放水燈許願吧！」

段雲飛的話把少女的思緒拉了回來，方悅兒向對方看去，視線正好撞進那雙赭紅色的眼眸裡。在火光的映照下，那雙素來銳利的眸子目若朗星，此刻溫柔得不可思議。

兩盞一粉一藍的蓮花燈已與主流隊伍匯聚，化爲千萬水燈中的一員。五光十色的光芒就像把銀河放進維江裡，燦爛閃爍。

在這美麗的景致中，方悅兒卻只看到那雙充滿說不出情感的眼眸，心裡各種情緒最後只化成了一個字的許諾：「好。」

十、紅鸞星動

在中秋節這萬家歡聚團圓的節日裡，無論方悅兒還是段雲飛都像任何普通人一樣，暫時把各種工作與煩惱放一旁，與身邊重要的親朋好友一起共度佳節。

而此時落單的林靖，也在人群中找到了他的好友。

當林靖找到那人時，他正拿著兩盞花燈安靜地站在柳樹下。被微風吹拂的柳枝在他身旁飄揚，他有些煩擾地撥開甩在頭上的柳枝。

青年看到林靖找過來時，臉上略帶煩躁的神情頓時消失，笑得一臉燦爛地朝對方揮了揮手：「阿靖，這裡！」

林靖原本心裡有著滿肚子的話要問，可是看到青年的笑容時，所有的猜疑與質問卻是怎樣也出不了口。他嘆了口氣，接過青年遞來的花燈。

本來林靖過來找人時還一臉被背叛的傷心與委屈，可現在看到對方舉動後，只餘下滿心無奈：「阿風，你是特意在這裡等我的嗎？」

這位風姿瀟灑的青年，竟然正是不久前與方悅兒他們會面，那個丰姿冶麗的聽風樓風樓主！

如果方悅兒與段雲飛在這裡，此刻一定瞪得眼睛都脫窗了。雖然林靖說過風樓主無論是男性還是女性的裝扮都無絲毫違和感，然而想像終究只是想像，絕對沒有實際看到時這麼震撼。

風樓主的容貌明明沒有改變，可是當她/他換成了男裝後，仙姿玉色變成了翩然俊雅，完全沒有人會對他的男兒身有絲毫懷疑。

無論是女性還是男性的裝扮，風樓主都完美駕馭，完全看不出任何破綻！

早就十分熟悉風樓主各種打扮的林靖並不覺得詫異，他已習慣對方時男時女的外貌，此刻讓他糾結的是另一件事。

風樓主聽到林靖的詢問，理所當然地頷首說道：「對啊！我要是不在這裡等著，綵燈會人這麼多，阿靖你要找我可不容易。何況不給你一個解釋的話，阿靖你怒了我就糟糕了。」

頓了頓，風樓主便一臉欣慰地繼續說道：「阿靖你真厲害，我原本還覺得自己隱瞞得不錯，結果你早就認出我了吧？在擊落我的面具之前。」

「誰教你一時是男一時是女呢？剛認識時我一直想分辨出你真正的性別，便經常觀察你的一舉一動。即使這次你與那些人一樣戴著面具，可是我光憑體形便能認出你，更別說我又熟悉你的輕功身法。」

風樓主用著曖昧的眼神把林靖從頭看到腳：「原來如此，阿靖對我的身體如此熟悉呢……嘻嘻，我也是喔！我也對阿靖你的身體很～了～解～喔～」

明明林靖剛剛說的話很正常，不知為何到了風樓主口中卻有著一番詭異感。什麼叫「也對你的身體很了解」，雖然字面上的意思也沒錯，可是聽起來好變態呀！

所幸風樓主素來都是「撩完就收」，在林靖炸毛前，又讓話題回到正事上：「既然阿靖你已認出我，要是不給你一個說法，說不定我們的友誼便到此為止了。畢竟阿靖你有多看重段公子，我還是知道的。」

林靖看著對方彷彿洞悉一切的眼神，嘆了口氣，道：「那你就給我一個解釋吧。為什麼你會幫那名戴著貓面具的男子，阻擋我們與段公子會合？」

風樓主看著臉色不悅的好友，解釋道：「我欠那位一個很大的人情，如果沒有他的幫忙，當年聽風樓也無法從風雨樓中分離出去，成為獨立的組織了。不……應該說，若沒有他，現在聽風樓早已不再存在，而我也沒有命繼續站在這裡。」

聽到風樓主這麼說，雖然林靖不知道詳情，但也能想像那是多天大的恩情。

林靖感到十分意外，當年風雨樓的事情很突然，權力一夕之間被一分爲二。聽風樓分離出來後成爲獨立的組織，血雨樓則承繼了風雨樓的名字，繼續經營殺手生意。

整個過程都很順利也很平靜，明明應是腥風血雨的權力切割，可是眞正實行起來卻出乎意料地和平。當眾人反應過來時，兩樓已經各自爲政了。

現在聽風樓主話裡的意思，似乎當年風雨樓的分割還有著一段驚心動魄的過往，只是不爲外人所知。

風樓主續道：「我知道阿靖你很重視段公子，可是那一位對段公子眞的沒有惡意，他是很有誠意要與你們合作的。正因爲你們雙方根本沒有利益上的衝突，我才會幫助他。」

林靖靈機一動，詢問：「所以你之所以願意見段公子與方門主，還免費爲他們提供不少情報，是想爲你幫助的那個人鋪路嗎？」

回想不久前的會面中，風樓主告訴眾人當年林家遇襲一事很可能便是蘇志強所爲，還道出邀約段雲飛的人並沒有歹心，建議他可考慮與對方合作。

其他人也許不知道段雲飛的身世，可是風樓主身爲情報組織的頭領，說不定知道段雲飛是……

林靖看向風樓主的眼神陰晴不定，風樓主並不在意，逕自聳了聳肩，說道：「可惜我這些工夫都是白做工了，段公子是個完全不受他人意見影響的人呢！相較於與別人合作，他更喜歡把人揍得吐出所有事情。」

想到段雲飛喜歡掌握一切、任性又驕傲的性格，林靖也是深感無奈。大概那位戴貓面具的人，也猜不到段雲飛會拒絕合作請求吧？

見林靖表情有所鬆動，風樓主向青年彎腰一揖道歉道：「瞞著你抱歉啦！可是我也只是保護恩人不被你們抓到而已，絕對沒有傷害你們的意思。阿靖你就別生氣了。難道在這中秋佳節，你還要與我賭氣嗎？」

林靖卻沒有立即原諒對方，而是一臉凝重地說道：「我不管你的恩人有什麼目的，但你要是爲了幫著他而對段公子不利，我們朋友也沒得做！」

風樓主連連保證自己不會，林靖見狀總算滿意了。風樓主見林靖如此維護段雲飛，心裡感到不是滋味，小聲抱怨道：「你這麼護著他又怎樣？人家又不領情。」

林靖凝望著對方沒有作聲，風樓主受不了這凝重的氣氛，打破沉默道：「好啦！是我亂說話，以後不再說你那位親愛的段公子，可以了吧？」

林靖聞言總算賞他一個笑臉，風樓主見狀又高興起來，拉著青年便要走入人群中：「既然原諒我了，那阿靖就陪我逛燈會吧！」

被風樓主拉著走的林靖，並沒有告訴對方不久前自己才逛過這一區，任由風樓主興致勃勃地拉著走，臉上露出既無奈又縱容的微笑。

❀

昨晚賞月、逛燈會直至深夜，所有人很晚就寢，因此隔天大家都睡了懶覺，就連素來勤勞練功的雲卓等人也將早課落下，起床時已日上三竿。

雖然睡足了時辰才醒來，方悅兒卻依然覺得精神不濟。

少女打了個大大的呵欠後，揉著眼，抬頭時正好看到一隻站在窗框上的鴿子。

「嗯？是本門的信鴿？幽蘭嗎？」方悅兒取下綁在信鴿腳上的信紙後，讓白芍帶走信鴿、餵些乾糧，便興致勃勃地攤開捲成一小捲的信紙。

自從接了武林眾門派的委託外出尋人後，方悅兒就像隻離籠的小鳥般一去不返，連帶三名堂主也跟著門主大人在外面野。

一開始幽蘭還老神在在地認為方悅兒太久沒外出，因此貪玩久一些也很正常，玩夠了就會回來。然而等著等著，當她終於感覺到不對時，少女已經玩得不想回家了。

幽蘭也不是沒飛鴿傳書詢問門主大人的歸期，但門主大人表示世界這麼大，我想去看看。

驚不驚喜？意不意外？刺不刺激？

當天有弟子看到素來淡雅文靜的幽堂主，像個瘋婆子般在手撕信件。

因為那封信撕得太碎，完全沒拼湊復原的可能，那封能讓幽蘭失控的信件內容最終成為了玄天門七大不思議謎團之一……

門主帶著三名堂主一走，這可苦了留在玄天門裡獨自坐陣的幽蘭。

幽蘭曾不只一次嘆息，早知道那些傢伙一出去就樂不思蜀，獨留她一人在玄天門內包攬幾人份的工作，她即使再宅，當初方悅兒出門時她怎樣也要跟著去！

可惜世上沒有後悔藥，她也只能留在玄天門內苦苦等著眾人回來，偶爾派出信鴿去詢問一下自家門主什麼時候要回家。

方悅兒的猜測沒錯，這隻信鴿的確是幽蘭派來的。只見信的開頭是幽蘭一如以往地詢問她何時回門派後，接著便是簡單彙報了些近期玄天門發生的重要事情。

信的最後，幽蘭表示她夜觀星象，發現代表門主大人的那顆星出現異象，竟是紅鸞星動之兆。

幽蘭詢問門主大人是否有了對象，並且勸說即使談戀愛也可以回門派裡談，她保證不讓人打擾。

「我哪有什麼對象啊？」方悅兒看得一頭霧水。幽蘭擅長陣法，從小在這方面有著驚人天賦，玄天門的護山大陣就是她的手筆。

至於卜卦則是幽蘭的愛好，雖然方悅兒不太相信這些神祕兮兮的東西，但不得不承認對方卜卦出來的結果都很準確。

雖然幽蘭無法憑藉卦象知曉太詳細的事，卻能從中得知事情大致的走勢。而現實得出來的結果，往往都與卜卦結果吻合。

然而這次幽蘭的卦象實在太離譜了，說方悅兒紅鸞星動什麼的，她身邊哪有對象出現？

方悅兒笑呵呵地收起信，心想自己大概眞的嚇到幽蘭了，害她以爲自己都不想回去，便開始胡說八道來唬嚇自己吧？

這麼想著的方悅兒，檢討了下離開玄天門那麼久是否眞的很不厚道。而得出的結論是，雖然有些對不起幽蘭，不過她也不只是去玩啊，她都有重要的事情要做，因此少女很快便心安理得起來。

方悅兒並不太把幽蘭那封信的內容當一回事，離開房間後便帶著侍女們先去用膳。因爲與眾人起床的時間錯開，因此這一餐便沒有段雲飛的盛世美顏來下飯了。對於近期每一餐在視覺上都「大魚大肉」的方悅兒來說，還眞有些不習慣。

晚起床的結果便是省掉了早膳，直接將早膳當成午膳吃了。

吃飽喝足後，無所事事的方悅兒便到庭園走走，看看風景順道消食。結果逛了一會兒，便讓她看到坐在涼亭內的段雲飛。

段雲飛正聚精會神地一手拿著匕首，一手拿著一塊石頭，手起刀落地在石頭上刻劃著。隨著青年的每個動作，石頭便落下了許多石屑，能看出那柄用來雕琢石頭的匕首絕對是削鐵如泥的利器。

段雲飛刻得十分認眞，手上每個動作皆乾脆俐落，竟有種讓人一直看下去也不會無聊的美感。加上青年本就長得英俊，全神貫注做事的模樣非常吸引人。

不久前才在餐桌前想念著對方的下飯俊顏，現在猝不及防地看到了本尊，方悅兒頓時有種不眞實的感覺。

而且不知爲什麼，她看到對方時，突然想到了幽蘭今早的那封信。

正確來說，是信中的其中一句話。

昨夜我夜觀星象，看見代表門主大人的星辰有紅鸞星動之兆……

方悅兒連忙搖了搖頭，試圖甩走腦海裡浮現出來那不靠譜的聯想。

哈哈哈！我怎麼會把「紅鸞星動」四字聯想到阿飛身上呢！

一定是昨晚太累了！睡得不好就會胡思亂想！一定是！

段大魔王經常欺負我，我又怎會喜歡他!?

方悅兒想著想著便說服了自己，覺得剛剛絕對是自己想多了。大概是因為一瞬間被段雲飛的美貌震驚到，所以就想些有的沒的吧？

美色果然誤人！

段大魔王你這個磨人的小妖精！

段雲飛全神貫注地雕琢手中的石頭，甚至就連少女走近也沒察覺，而且不知道方悅兒對他的美貌已有了新評價。

直至方悅兒踏入涼亭，段雲飛這才發現到少女。只見青年手一翻，那枚石頭便被他收了起來，速度快得方悅兒完全看不到石頭的模樣。

「只是枚石頭而已，藏什麼？小氣！」方悅兒咕噥了聲，雖然有些好奇剛剛對方在做什麼，可是看到青年明顯不想讓自己看的舉動，卻是沒有出言詢問。

只是一塊破石頭，本門主才不稀罕看呢！

段雲飛完全不知道自己剛剛的舉動讓方悅兒心裡不舒服，抬首看著眼前的少女，回憶起昨晚醒悟到自己喜歡對方時的心情，頓時覺得對方怎麼看怎麼順眼。

嗯！就連翻白眼的模樣也很可愛！

段雲飛忍不住向少女咧嘴一笑，主動示好。

方悅兒看到對方的笑容，覺得拳頭好癢……

他小氣地把東西藏起來後，竟然還嘲笑我！

如果我打得過他的話，我一定要讓段大魔王知道花兒爲什麼這樣紅！

可惜我打不過……

發現方悅兒突然變得失落，段雲飛關心道：「怎麼精神如此萎靡不振？是因爲昨天太晚休息嗎？不是我要說妳，妳就不能好好練一下？像我這種武功高強的高手，即使十天十夜不眠不休也沒問題！」

再次被鄙視的方悅兒抿了抿嘴，決定不與對方計較。她無視段雲飛對自己的炫耀，撇開了臉，眼不見爲淨。

方悅兒不再理會段雲飛，轉而要侍女們去尋找林靖與堂主們，請他們到涼亭商討昨天與戴面具那伙人的戰鬥，以及接下來的打算。

段雲飛暗暗爲自己剛才溫柔關懷（？）少女的舉動讚好，見方悅兒無視自己、逕自與侍女們說話也不以爲意。他對方悅兒總是有著不一樣的耐性與包容，正所謂「山不來就我我來就山」，於是段雲飛便主動去找方悅兒說話。

然而對方卻好像一直表現得有些興致缺缺，不想與他說話的模樣。

果然是昨天太累了吧？

段雲飛正要再「關懷」方悅兒一下，但也許連老天也看不過他繼續找死，此時林靖與堂主們正好來到，段雲飛只得暫時停止了獻殷勤（找死）的舉動，與眾人商討正事。

對於昨晚他與戴貓面具男子的對話，段雲飛沒有絲毫隱瞞地告訴了眾人。眾人聽完青年的敘述後，看著他的眼神都有些一言難盡。

最後，林靖率先打破了沉默：「段公子，你昨夜實在太衝動了。難得那人知道那東西的消息，你即使假意與他結盟也好，無論如何也應該先穩住他才對。」

可惜段雲飛卻不是個會爲求目的與對方虛與委蛇的人，對林靖的話完全嗤之以鼻。

眾人雖然覺得段雲飛的做法蠢透了，可是事已至此，再責怪對方也於事無補，因此這件事便被輕輕帶過了。

而林靖談及段雲飛要找的「那東西」一事，再次提醒了方悅兒，這個所有人都知道的祕密，偏偏就只有她不知道。

想到這裡，少女不高興地瞪了段雲飛一眼。

發現方悅兒突然瞪向自己，段雲飛滿腦子問號，不明白這姑娘爲什麼又不高興了。

「現在神祕人那條線暫時是斷了，那接下來，大家有什麼打算？」連瑾搖了搖手中的折扇，問道。

連瑾發問後便看向方悅兒，畢竟玄天門的事還是由方悅兒作主。至於其他玄天門的人，以及林靖與段雲飛，也隨之將視線投向少女。

方悅兒猶豫半晌，不好意思地看著林靖道：「玄天門受託於武林同道尋找阿飛詢問彭琛的生死，以及商議對付魔教餘孽的事。可我們因爲白梅山莊與神祕人留信的事已拖了不少時日，現在理應與阿飛如約前往林家才對，不過……」

說到這裡，雖然方悅兒覺得接下去的話有些難以啓齒，但那件事就像一塊大石般壓在她心頭，不親自走一趟，卻是怎麼也沒有心情去管其他事了。

於是她一臉不好意思地續道：「不過，我想先往蘇家走一趟。當年娘親的事既然很可能與蘇家主有關，那麼我想親自探訪一下蘇家，看看能否找到些蛛絲馬跡。因此很抱歉，我要在這裡與你們分道揚鑣了，玄天門這邊將會由雲卓作代表，陪同你們一起前往林家。」

聽到方悅兒要甩手不管魔教的事，林靖這位武林白道的代表還未說什麼，段雲飛便已經不同意了：「不！」

媳婦還未追到手，他們怎能就這樣分開!?

方悅兒一臉納悶：「我前往蘇家，怎麼不可以了？」

段雲飛解釋：「不是妳不可以前往蘇家，而是我也不去林家了，我也要往蘇家走一趟。」

「阿飛你什麼時候變得這麼黏人!?」方悅兒都驚呆了。

段雲飛一秒解釋，但因爲回答得太迅速，反倒顯得他有些心虛：「才不是因爲妳的原因！我本來就想去蘇家一趟。」

第一句話是謊言，不過第二句話段雲飛倒沒有說謊，他是眞的早就打算要往蘇家走一趟。

然而這話聽在玄天門眾人耳裡卻是不信的，畢竟段雲飛與蘇家實在沒什麼關聯，突然提出有事要去蘇家，實在怎麼聽都怪怪的。

方悅兒雖然覺得奇怪，但也沒有往自己身上去想，先前揶揄段雲飛黏人的那句話也是開玩笑的成分居多。

然而三名堂主看著段雲飛的眼神，簡直像在看著死纏爛打的無恥之徒！

見方悅兒他們不信，段雲飛指了指林靖：「我是眞的有事須要去蘇家一趟，不信你們問他！」

眾人聞言不禁訝異，心想：段雲飛與林靖很熟嗎？爲什麼我們都不知道的事，林靖會知道？

該不會段雲飛看林靖比較好說話，不想去林家，就把事情推托到對方身上吧？

然而林靖倒還眞的附和了段雲飛，只見青年頷首道：「段公子說的沒錯，他的確有前往蘇家的理由。」

頓了頓，青年續道：「那我也先往蘇家走一趟吧。」

方悅兒聽到林靖的話，連忙保證：「林公子你不用特意陪我們去，我保證這是最後一次繞路了，到蘇家拜訪後一定會立即帶著阿飛去林家，我保證！」

原本要求繞路到蘇家，方悅兒已覺得很不好意思，要是還連累林靖跟著他們到處跑，即使林靖心裡不責怪，少女自己都覺得無地自容了。

然而林靖卻笑著搖了搖頭，道：「我並不是因爲不信任方門主，想親自看著段公子才這麼說。我是眞的想要拜訪蘇家，與蘇家主見一見面。難道方門主忘記了，當年闖入林家殺人奪寶的凶徒，很可能就是蘇家家主蘇志強嗎？」

見方悅兒恍然大悟，林靖笑道：「就像方門主對當年宛家的事耿耿於懷，我也一直很想查明多年前差點將我殺死的人的眞面目。何況根據方門主與段公子在白梅山莊搜出來的那封書信，有人正與梅莊主合作，處心積慮想殺死我，那人很有可能就是蘇志強呢！」

林靖頓了頓，續道：「原本我還覺得要求到蘇家很不好意思，畢竟在尋找段公子一事上是玄天門仗義幫忙。可既然方門主與段公子主動提出要到蘇家拜訪，我再不說出心裡話就太矯情了。」

聽到林靖這麼說，方悅兒自然對眾人都要前往蘇家一事沒有了異議。正好他們不久前機緣巧合下救了蘇家公子蘇沐華，一起經歷了白梅山莊的事後，雙方也有了交情，現在去拜訪對方就更顯得合情合理。

仔細一想，如果他們那些腦洞大開的猜測沒錯，事情都是蘇志強做的話，那麼這人便一下子得罪了林家及玄天門。

蘇志強的武功是很強沒錯，然而蘇家其他人卻武功平平無奇，家族雖頗具威望，但未到隻手遮天的程度。

要是讓他們找到證據、將眞相公諸於世，無論是以武林盟主林易光的武功還是玄天門的勢力，都是吊打蘇家的存在。

至於段雲飛，雖然方悅兒並不知道對方爲什麼要前往蘇家，可是看他談及蘇志強時的表情，顯然不像與對方有交情，反倒是一副有過節要去找人家麻煩的模樣。

這麼一想，蘇志強還眞懂得挑選敵人，不難啃的骨頭他不下口啊……

無論是林家、玄天門還是段雲飛，都不是任人拿捏的軟柿子，到底是誰給蘇志強自信，讓他選擇與他們對著幹呢？

難道蘇志強眞以爲自己做的事，可以神不知鬼不覺地永遠保密嗎？

天下沒有不透風的牆啊！

要是沒人懷疑蘇志強，也許事情還可以被掩蓋。可是只要受害者產生了懷疑，那麼憑他們的能力，要查出眞相也只是時間早晚。

而那個懷疑蘇志強的契機，已經由風樓主免費贈送上了。

只能說有時野心眞的能蒙蔽人的雙眼，其實蘇志強能力不錯，要是他專心發展蘇家、不把精力放在鬼魅伎倆上，也許蘇家早已強大不少，也不至於樹立那麼強大的敵人。

關於當年宛清茹的死，方悅兒還有很多事一知半解，也有許多想法都還在猜測階段，未有實際的證據。

然而無論是風樓主查到的消息，還是她自己的直覺，蘇志強在這件事上理應脫不了干係，很多關鍵處都有他的影子。

甚至就連這次魔教餘孽的出現，也有可能與蘇志強有關！

要是他們查出真相，即使不出手，也妥妥是讓武林白道圍毆蘇志強的節奏啊。

方悅兒幻想著對方東窗事發時的狀況，莫名有些小興奮呢！

尾聲

既然決定了接下來的去向，眾人便不在維江城逗留，趁著天色尚早，他們收拾好行裝後便朝目的地蘇家出發。

方悅兒舒舒服服地坐在馬車裡，邊吃著侍女們準備的小甜點，邊悠然看著手中的書冊。麥冬在她身旁打著瞌睡，不知不覺間便在軟墊上睡著了，抱著蓬鬆的尾巴睡得香甜。

少女看了一會兒書，把馬車上的簾子拉開了些。從簾子縫隙看出去，坐在馬背上的段雲飛竟還在用匕首刻著石頭。

也不知青年是不是故意隱瞞，他距離方悅兒的馬車有些遠，加上雕刻的石頭面積並不大，從方悅兒的角度看過去，青年的手完全將石頭遮擋住，讓她什麼都窺視不到。

愈是不讓看，方悅兒便愈是想知道對方到底在做什麼。然而偏偏她又賭氣不主動詢問，段雲飛也就裝傻不說，明知少女對此很好奇，可就是不讓她看。

小氣鬼！不專心騎馬，小心在馬背上摔下去！

方悅兒狠狠瞪了段雲飛一眼後，便用力拉上簾子，眼不見爲淨。

可惜她的詛咒完全不靈驗，憑段雲飛的武功，別說坐在馬背上雕刻了，人家站在馬背上雕刻一樣能站得穩！

雖然段雲飛專注於雕刻，可仍有分出部分心神留意四周動靜，這是江湖中人必備的警覺性。

察覺到方悅兒的動靜時，青年勾起了嘴角，手中動作卻不停頓，繼續用匕首仔細雕琢著。

方悅兒放下簾子後翻了幾下手中的書冊，卻發現完全無法靜下心來閱讀，便有些煩躁地把書放在一旁，托著腮幫子生悶氣。

她覺得對方那副遮遮掩掩的模樣眞是太不夠意思了，雖不知道那石頭到底是什麼，可再寶貴的寶物她又不是沒見過，難道她方悅兒身爲玄天門的門主，還會與他搶嗎？

本門主才不稀罕！

❀

眾人順利在天黑前進入了離維江城不遠的小鎮，心裡依然有氣的方悅兒離開馬車時故意撇開了臉不去看段雲飛，結果卻被青年擋住去路。

方悅兒向左走，段雲飛卻同時往那方向移動；少女再往右走，段雲飛又邁出一步阻擋她的去路。

知道段雲飛是故意的，方悅兒也不躲避了，霍地抬起了頭。

我要生氣了，沒有這麼欺負人的！

正想質問對方到底攔著自己的去路想做什麼，卻見青年右手握拳舉起後，握拳的手略微放鬆，一枚玉珮便從他虛握的手中溜出來。隨即段雲飛迅速再次握緊拳頭，算準時間地抓住了穿著玉珮的繩索，玉珮正好就懸掛在方悅兒面前。

「綵燈會時允諾送妳的禮物。」段雲飛把拿著玉珮的手往前一遞，說道。

聽到段雲飛的話，方悅兒滿心的惱怒頓時煙消雲散。

當她看清楚玉珮的模樣時，眼中更頓時充滿了驚艷！

那是一枚帶有淡淡青藍色的翡翠玉珮，種水非常好，通透之餘還帶著潤澤的瑩光，晶瑩剔透，看起來就像晴朗的天空，又像清澈的湖水。

玉珮上雕刻了一些松樹枝葉，以及一隻站在枝葉上拿著松果的小松鼠。通透的青藍色翡翠中，還能看到裡面蘊含著點點白色的點狀棉，看起來就像松鼠身處雪景裡，非常精緻美麗。

海天一色，點點雪花，混沌初開，木那至尊。

這塊玉珮，正是以一塊頂級的木那雕刻而成！

段雲飛見少女驚艷的神情，眼中閃過一絲笑意，把玉珮交到對方手裡，說道：「我想著妳是玄天門門主，怎樣的珍寶妳沒有呢？因此就決定親手雕刻一枚玉珮給妳，還喜歡吧？」

「嗯！謝謝，我很喜歡！」方悅兒喜孜孜地把玩著玉珮，向段雲飛露出燦爛的笑容。剛剛段雲飛說的前半部分，不久前少女心裡鬱悶時也想過差不多類似的內容。

當時方悅兒的想法是：本門主才不稀罕！

可現在，方悅兒卻覺得她稀罕、稀罕得很！

稀罕這塊頂級木那，稀罕上面那融入雪景的小松鼠雕刻，也稀罕青年的心意。

現在回想起來，段雲飛故意不讓她看到雕刻內容，其實是想給她一個驚喜吧？見方悅兒高興的笑容，段雲飛頓時覺得心裡軟成一片。

「小悅兒，客棧都打點好了，妳怎麼站在這裡不進去呢？」連瑾過來拉著方悅兒就走，雲卓與寇秋則擋在少女背後，隔絕了段雲飛遙望少女背影的視線。

方悅兒仍滿心沉醉在收到合心意禮物的驚喜中，並沒有察覺到段雲飛與三位堂主之間的火藥味。

在三位堂主看過來時，段大魔王咧嘴回以一個挑釁的笑容。

這還只是第一步而已，接下來的旅程，他多得是機會去討好媳婦呢！

方悅兒這姑娘，他是追求定了！

心裡定下追求心上人與手撕仇人這兩個目標，段雲飛抬首朝蘇家所在的方向露出了志在必得的笑容，再次邁出了腳步往前進。

《門主很忙・卷三》完

後記

大家好！感謝大家購買《門主很忙》第三集，謝謝大家對我的作品的喜愛與支持！

八月份在台北與台中分別舉行了各一場的簽書會，這還是我第一次經歷了台灣的炎夏。一直以爲香港的夏天已經很悶熱了，想不到台灣還要更熱一些！

感謝大家在這麼炎熱的天氣下，頂著大太陽來參加我與天藍的簽書會。

正因爲有大家的支持，才有現在的我，非常感謝！

故事來到第三集，大家最關注的感情線終於出現了。不過相信大家應該早已猜到，誰是這個故事的男主角了吧XD

聽說不少讀者一開始都誤以爲林靖是男主呢，嘿嘿！

另外，我個人在感情方面是比較注重忠誠，所以故事中的角色都不開後宮喔！大家就不用往後宮的方向猜了，三名堂主與小悅兒之間是純潔的兄妹之情啊！（記得當年的《懶散勇者物語》，大家都在猜思思會不會把奈伊與埃德加二人全收了……XD）

《門主》第三集的狗糧絕對不少，對我這個單身狗來說，寫這一集眞是快樂與痛苦並存啊！被主角們的青澀甜蜜萌得不要不要，可是卻又快要被閃光閃瞎了。

每次寫小悅兒與阿飛打情罵俏以後，我都覺得被塞了滿嘴狗糧啊……

這麼一說，我還是第一次寫這種男女主角慢慢發展感情的故事。以前寫的小說要不是沒有感情線或者感情線不明顯，就是男女主角一開始都是老夫老妻（？）模式了。

這種感情線的新嘗試還滿有意思的，喜歡描述這種一開始相看兩厭，卻因爲了解而漸漸愈行愈近的感情。

下一集這兩人依舊是甜甜甜，大家準備好墨鏡囉！

最近家裡的狗狗Trouble病了，確診是第四期腎衰竭，牠的腎臟功能只餘下不足10%。

養了十多年的寶貝，第一次遇上這麼嚴重的情況。幸好平常也有經常在網絡留意各二十四小時獸醫診所的資料，才能夠臨危不亂地立即送牠到動物醫院就醫。

雖然我們已經立即送牠到動物醫院，可是在留院治療了一星期後，腎指數卻還是沒有回落。醫生建議我們把牠帶回家，好好渡過最後的時光。

看到曾經那麼貪吃的孩子，現在要利用針筒強逼餵食，真的覺得很難過。幸好Trouble的精神尚可，寫這篇後記時剛剛把牠接回家，我們能夠感覺到回家後牠是非常高興的。

這段時間很累、也很心疼。我明白牠的年紀已經很大了，總有一天會離開我，只是不希望牠那麼辛苦。

寵物的生命大都比人類短暫，真的要好好珍惜大家在一起的時光呢！

香草

門主很忙

門主很忙

【下集預告】

懷著對蘇志強的懷疑，眾人以拜訪舊友之名前往蘇家。
到達蘇家時，竟看到了意想不到的人！
一起經歷了白梅山莊事件的眾人，再次聚首。

許冷月解除婚約後，被蘇沐華邀請到蘇家小住，
並將段雲飛視爲夫婿的不二之選。
察覺到段雲飛對方悅兒的情意，
許冷月心裡有股黑暗悄悄滋生……

卷四‧〈拜訪蘇家〉 少女的嫉妒掀起大風波？

魔豆文化全書系

醉琉璃／作品

春秋異聞系列（全七冊）
緊急收假，新夥伴集合！夏夜不思議的宿舍大探險。

織女系列（全八冊，番外一冊）
揉合神話與青春校園的奇幻冒險！被迫訂下契約的一刻，將展開熱血的打怪繪卷！

神使繪卷系列（全十六冊，番外一冊）
《織女》二部來襲！神使公會曝光，舊夥伴、新搭檔陸續登場──

香草／作品

門主很忙系列（陸續出版）
不靠譜的少女門主下山跑任務！熱鬧、嘴炮不斷的武林輕遊記。

傭兵公主系列（全六冊，番外一冊）
脫掉裙子、剪去長髮，誰說公主不能大冒險！心跳100%，詭異夥伴相隨的刺激旅程。

懶散勇者物語系列（全十冊）
每隔數百年，眞神會從我們的世界挑選勇者，但這次的勇者大人，有點不一樣……

琉璃仙子系列（全四冊）
難解預言、一分爲二的神力，史無前例尋人任務，黃金單身漢一文二武通通撩落去！

異眼房東的日常生活系列（全六冊）
管他冷酷硬漢健身狂，還是傲嬌無敵高富帥，異眼房東急募見鬼隊友！

夜之賢者系列（全八冊）
神奇卷軸、霸氣魔寵，正太蘿莉相伴。刺激溫馨的作家贖罪之旅，重啓命運新局！

林熹／作品

靈魂通判系列（陸續出版）
無限期代理判官哀怨上任！白天辦公，晚上辦案，人界少女橫跨三界的職場冒險記！

林綠／作品

狐說（全一冊）
美少年高中生成妖紀事。從人間到青丘，狐妖爭王之戰，跨界開打！

Sea voice古董店系列（全七冊）
毒舌美人店長×呆萌高中生店員，主僕倆不離不棄、血淚羈絆（?）的共患難日常。

眼見爲憑系列（全七冊）
負責打雜的校草喪門，迫於人情加入靈研社，竟捲入一連串不可思議的事件……

天下無聊／作品

殺行者系列（全九冊）
《殺手行不行》新篇登場！等級提升的阿司，這次將迎接威風凜凜的殺手新生活！

殺手行不行系列（全七冊）
一切都從那年收到的生日禮物──德國手槍開始，超幸運的殺手生活於焉展開！

魚璣／作品──**陰陽侍（全五冊）**　可蕊／作品──**奇幻旅途系列（全七冊）**
倚華／作品──**東陸記系列（全四冊）**　明日葉／作品──**外星少女要得諾貝爾和平獎**
路邊攤／作品──**見鬼社**

國家圖書館出版品預行編目資料

門主很忙／香草著.－－初版.－－台北市：魔豆文化出版：蓋亞文化發行，2017.10
冊；公分.（fresh；FS142）
ISBN　978-986-95169-6-9（第3冊；平裝）

857.7　　106008048

fresh FS142

門主很忙　卷三

作者／香草
插畫／天藍　　封面設計／克里斯
出版社／魔豆文化有限公司
地址◎台北市103赤峰街41巷7號1樓
電話◎（02）25585438　傳真◎（02）25585439
部落格◎gaeabooks.pixnet.net/blog
臉書◎www.facebook.com/Gaeabooks
電子信箱◎gaea@gaeabooks.com.tw
投稿信箱◎editor@gaeabooks.com.tw
郵撥帳號◎19769541　戶名：蓋亞文化有限公司
發行／蓋亞文化有限公司
法律顧問／宇達經貿法律事務所
總經銷／聯合發行股份有限公司
地址◎新北市新店區新店市寶橋路二三五巷六弄六號二樓
電話◎（02）29178022　傳真◎（02）29156275
港澳地區／一代匯集
地址◎九龍旺角塘尾道64號龍駒企業大廈10樓B&D室
電話◎（852）2783-8102　傳真◎（852）2396-0050
初版一刷／2017年10月
定價／新台幣180元
PrintedinTaiwan

ISBN／978-986-95169-6-9

FS142

MASTER IS BUSY

門主很忙

卷三・維江燈會

魔豆文化　讀者迴響

感謝您在茫茫書海中選擇了魔豆，您的支持是我們最大的動力。
不要缺席喔，讓我們一起乘著夢想的羽翼，穿越時空遨遊天地！

姓名：　　　　性別：□男□女　出生日期：　年　月　日
聯絡電話：　　　　手機：
學歷：□小學□國中□高中□大學□研究所　職業：
E-mail：　　　　（請正確填寫）
通訊地址：□□□
本書購自：　　縣市　　書店　□網路書店
何處得知本書消息：□逛書店□親友推薦□DM廣告□網路□雜誌報導
是否購買過魔豆其他書籍：□是，書名：　　□否，首次購買
購買本書的動機是：□封面很吸引人□書名取得很讚□喜歡作者□價格便宜 □其他
是否參加過魔豆所舉辦的活動： □有，參加過　　場　□無，因爲
喜歡出版社製作什麼樣的贈品： □書卡□文具用品□衣服□作者簽名□海報□無所謂□其他：
您對本書的意見： ◎內容／□滿意□尚可□待改進　◎編輯／□滿意□尚可□待改進 ◎封面設計／□滿意□尚可□待改進　◎定價／□滿意□尚可□待改進
推薦好友，讓他們一起分享出版訊息，享有購書優惠 1.姓名：　　e-mail： 2.姓名：　　e-mail：
其他建議：

◎請沿虛線剪開、對摺、裝訂後寄出

◎請沿虛線剪開、對摺、裝訂後寄出

廣告回信郵資免付
台北郵局登記證
台北廣字第675號

魔豆文化有限公司　收

103台北市赤峰街41巷7號1樓

魔豆

魔豆